Camille Lesur

Camille Lesur est avocate à Cannes. Son premier roman, *Le Chant des cigales après la pluie*, a paru aux Éditions Jouvence en 2020. Il a reçu le premier Prix du roman Bien-Être organisé à l'occasion des 30 ans de la maison d'édition. En 2021, elle publie *Les portes du paradis sont fermées le lundi* chez le même éditeur.

LE CHANT DES CIGALES APRÈS LA PLUIE

CAMILLE LESUR

LE CHANT DES CIGALES APRÈS LA PLUIE

jouvence
EDITIONS

MIXTE
Papier issu de sources responsables
FSC® C003309

L'éditeur de cet ouvrage s'engage dans une démarche de certification FSC® qui contribue à la préservation des forêts pour les générations futures.

Pour en savoir plus :
www.editis.com/engagement-rse/

ISBN : 978-2-266-32037-5
Dépôt légal : octobre 2021

1.

Quelqu'un cherche à vous joindre

Figée devant sa boîte aux lettres, les mains crispées autour de l'enveloppe en papier nacré, Christine Boulet n'entend pas le bonjour de Madame Picharet, sa voisine, tant le sang pulse dans ses oreilles. Un parpaing vient de se loger au fond de son estomac, une fanfare option cymbales et grosse caisse s'est installée dans son crâne, l'empêchant de réfléchir. *Calme-toi.*

Cinq minutes plus tard, lorsque Madame Picharet repasse devant les boîtes aux lettres, la laisse de son Pincher dans une main et le sac en plastique contenant la déjection matinale du dénommé Popey dans l'autre, Christine a repris ses esprits et salue poliment la vieille dame.

Elle remet le carton d'invitation dans l'enveloppe, et jette le tout dans la poubelle réservée aux publicités non désirées. *Ce qui n'existe pas, n'existe pas.* Satisfaite, Christine se sent déjà plus légère et pousse à son tour la porte de l'immeuble.

En attendant l'ascenseur, Madame Picharet ne peut s'empêcher de penser que sa voisine est quand même une drôle de bonne femme. Une petite vieille coincée dans un corps de trentenaire. En trois ans, c'est peut-être la première fois qu'elle la voit manifester de l'émotion pour quelque chose. D'ordinaire, Christine Boulet traverse l'existence avec autant d'enthousiasme qu'un poisson rouge fait le tour de son bocal. *Ding*. Le cours de ses pensées est ramené à la réalité par le tintement de l'ascenseur. Comme la plupart des gens, Madame Picharet ne repensera plus à Christine Boulet jusqu'au lendemain matin, lorsqu'elles se croiseront à nouveau devant les boîtes aux lettres.

* * *

Sur le quai de la gare d'Antibes, les cadres, les étudiants et les clochards s'agglutinent devant les portes du train qui les conduit vers leur destination. Quelques voyageurs se frayent un chemin pour descendre du train en râlant, tandis que les autres se bousculent pour essayer de trouver une place assise. Gênée par les kilos superflus logés derrière son nombril et sur ses hanches, Christine Boulet tente de se faufiler entre un ado prépubère dont la musique qui sort de ses écouteurs laisse présumer qu'il sera sourd d'ici moins de dix ans, et un homme d'affaires qui ne semble pas habitué aux transports en commun. *Pardon, excusez-moi, pardon.* Christine Boulet avance au milieu de la foule compacte, sous les regards réprobateurs qu'elle fait semblant de ne pas voir mais qui la mettent terriblement mal à l'aise.

Enfin, elle repère un siège inoccupé au milieu de la rame. Au prix de quelques efforts supplémentaires, elle rejoint la Terre promise et se laisse lourdement tomber au fond du siège. Elle branche ses écouteurs en prenant soin de régler le volume sonore sur un niveau qui ne permettra pas à ses voisins d'entendre ce qu'elle écoute, et lance sa playlist. « *Et si tu n'existais pas, dis-moi pourquoi j'existerais.* » La voix de Joe Dassin emplit ses oreilles, elle n'entend plus les conversations qui se mêlent les unes aux autres, elle ne voit plus les regards jaloux des voyageurs qui n'ont pas osé se faufiler jusqu'au dernier siège vide du train et devront commencer leur journée par un trajet debout, coincés entre des inconnus. Elle ne sent plus le coude de son voisin s'enfoncer dans ses bourrelets pour lui faire comprendre qu'elle prend trop de place, elle en oublie même cette enveloppe ridicule et son contenu, encore plus ridicule. Non, Christine Boulet ne pense plus rien, à part elle et Joe Dassin plus rien n'a d'importance.

Quarante-cinq minutes plus tard, la voix métallique annonce l'arrivée en gare de Monaco. Tous les passagers se lèvent, en quelques minutes le train déverse son flot de travailleurs sur les quais immaculés. Comme chaque matin, Christine Boulet attend que la rame soit presque vide pour descendre à son tour, et se mêler au trafic qui emprunte la même direction. « *Moi j'avais le soleil jour et nuit dans les yeux d'Émiliiiiie – tadada tadada tadadaaa – je réchauffais ma viiie à son sourire* », Joe Dassin continue de ne chanter que pour Christine.

Après cinq minutes de marche, un escalator et deux tapis roulants, le tunnel de la gare recrache les passagers à la lumière du jour et les laisse se disperser dans les rues monégasques. C'est la partie préférée de la journée de Christine Boulet. Encore quelques minutes de marche, quelques escaliers avant de rejoindre son bureau, quelques minutes de liberté pendant lesquelles elle apprécie l'atmosphère calme et sereine qui règne en permanence dans la Principauté, le soleil sur le port de Fontvieille. Elle longe un dernier immeuble au coin duquel elle tourne, et s'engouffre au numéro 8. Une flopée d'escaliers et la voilà arrivée. C'est le moment de mettre Joe en sourdine jusqu'à ce soir. Elle passe sa carte sur le lecteur, un *bip* lui signale que la porte est ouverte.

De l'autre côté c'est déjà l'effervescence, à 8 h 30 du matin. Christine passe rapidement devant les deux standardistes qui lui adressent un sourire parfait. « *Ciao Christine* », lui lance Giulia, qui reçoit en réponse un timide « *Coucou ça va ?* » mais n'a pas le temps d'y répondre car Christine a déjà disparu au milieu des couloirs vitrés.

Giulia. Un mètre soixante-quinze de perfection, des yeux plus bleus que la Méditerranée et *en plus* un caractère d'ange. Italienne, elle maîtrise *bien sûr* le français à la perfection, et a *bien sûr* conservé un accent italien suffisamment audible pour vous donner envie de voyager, mais aussi suffisamment léger pour ne pas gêner la compréhension. Impossible de ne pas l'aimer, et impossible de ne pas la détester. Christine Boulet ne peut pas s'empêcher de penser que les filles comme elle, avec ses kilos qui débordent, ses cheveux châtains sans éclat et aucune auréole au-dessus de la tête, sont condamnées à errer sur cette planète pour rééquilibrer le cosmos avec les filles comme Giulia. Heureusement, Christine Boulet est arrivée dans son petit bureau en face des toilettes, elle va pouvoir s'y enfermer jusqu'à 12 h 30, heure à laquelle elle pourra enfin retrouver la lumière du jour pour le déjeuner.

Est-ce que Christine aime son travail ? Oui, bien sûr. Comment ne pas aimer travailler dans le plus important cabinet d'avocats de Monaco, aux yeux de sa mère c'est la consécration ! Elle-même ne cache pas qu'elle aime cette étincelle dans le regard de son interlocuteur lorsqu'elle annonce qu'elle travaille chez Brexwell Avocats. Elle profite d'un bureau individuel, petit, certes, en face des toilettes, certes, mais rien qu'à elle. La qualité de son travail de juriste est reconnue par ses supérieurs, son salaire est confortable, ses horaires de travail sont rythmés par ceux de la SNCF, et elle n'a pas le temps de s'ennuyer une seule seconde. Non, vraiment, Christine Boulet sait qu'elle est chanceuse, et le répète encore et encore chaque fois qu'elle parle de son travail. Christine Boulet le sait, elle a tout pour être heureuse.

Elle allume son ordinateur, attrape un dossier sur sa pile des choses à faire, et se plonge dans une sombre histoire d'interdiction administrative et de nuisances sonores sur le port Hercule. Alors qu'elle termine la rédaction d'un recours judiciaire, dans lequel elle explique en pas moins de sept points l'injustice que représente l'interdiction de la diffusion de miaulements félins dans des haut-parleurs installés sur un balcon pour faire fuir les mouettes, Christine Boulet est dérangée par le grondement de son estomac. Elle jette un œil à sa montre, 12 h 43 ! Elle lève la tête, au travers de la paroi vitrée elle aperçoit ses collègues du pôle judiciaire – exclusivement féminin – qui se regroupent bruyamment au milieu du couloir pour aller déjeuner. Christine peste intérieurement, elle n'a pas vu le temps passer. Une minute plus tard, elle dévale les escaliers qui mènent au rez-de-chaussée pour ne pas croiser les regards gênés de ses collègues qui ne l'invitent jamais. Elle arrive enfin sur le trottoir, libre pour une heure trente. *Ou plutôt une heure quinze*, rectifie-t-elle intérieurement.

Comme chaque midi, Christine se rend dans la Roseraie Princesse Grace pour déjeuner. Son banc préféré – entre ombre et soleil, face à la fontaine – est occupé. Elle en repère un autre un peu plus loin et s'y installe pour engloutir le plus rapidement possible les restes de son dîner de la veille, mélangés à la va-vite dans un Tupperware. Ce qui la rend aussi enthousiaste à l'arrivée de la mi-journée n'est pas de prendre l'air, ni ce qui se trouve dans son assiette, ce qui illumine sa journée, c'est de se plonger dans la lecture de son roman du moment, quel qu'il soit. Du polar au roman d'amour, de la littérature classique au roman de gare, Christine Boulet est une boulimique littéraire. Elle se plonge dans ce monde imaginaire et s'en extirpe, contrainte, à l'heure de rejoindre son bureau. Tantôt Scarlett vibrante d'*Autant en emporte le vent*, tantôt Lisbeth grinçante de la saga *Millenium*, Christine Boulet a déjà vécu mille vies. Mais il est presque 14 heures, et c'est la sienne qui reprend son cours.

Numéro 8, escaliers, carte magnétique, lecteur, *bip*, Giulia, couloir vitré, petit bureau en face des toilettes, enveloppe nacrée.

Enveloppe nacrée ?!

Le cœur de Christine a loupé un battement. Les joues rosées par l'émotion, elle reste figée dans l'encadrement de la porte. Elle n'entend pas le sèche-mains qui s'est mis en route en faisant un bruit d'avion au décollage derrière la porte dans son dos, et sort de sa torpeur lorsque Julien Leponceur, responsable du pôle administratif, la projette à l'intérieur de son bureau en sortant énergiquement des toilettes.

— Tout va bien, rien de cassé ?

— Non non, ça va, j'ai été un peu surprise, c'est tout.

— Ça ne fait pas de mal d'être un peu rembourré, hein ? lui lance-t-il dans un clin d'œil, en posant ses mains sur sa brioche ventrale.

Christine lève les yeux au ciel mais n'a pas le temps de répondre, il a déjà disparu. Elle se saisit de l'enveloppe et se rend au pas de charge jusqu'à l'accueil.

— Giulia, qui a déposé ça sur mon bureau, s'il te plaît ?

— C'est moi, Chris, pourquoi, il y a un problème ?

— C'est que… euh… je ne connais pas l'expéditeur, tente maladroitement Christine, qui réalise qu'elle aurait mieux fait de jeter l'enveloppe en toute discrétion.

Trop tard. Les yeux de Giulia s'illuminent d'un intérêt soudain, sa bouche forme déjà un « oh » conspirateur. Elle appuie son coude sur la banque d'accueil et se penche vers Christine, prête à accueillir la confidence.

— Un admirateur secret, Christine… ? Je peux t'en parler si tu veux, des hommes je veux dire, pas des admirateurs secrets en particulier.

Christine est rouge écarlate, elle cache l'enveloppe entre ses mains.

— Pas d'admirateur, Giulia, tu pourrais juste me dire qui l'a amenée au cabinet s'il te plaît ? La Poste est passée ce matin et tu ne m'as rien apporté.
— C'est un transporteur *privato* qui l'a déposée à midi, du style de ceux qui portent une casquette vissée sur la tête et un horrible gilet sans manches, toujours pressés.
— OK, merci, Giulia, peu importe.

L'Italienne plantureuse comprend qu'elle n'en saura pas plus et retourne à ses occupations, Christine reprend le chemin de son bureau.

Ça suffit, c'est n'importe quoi cette histoire. Je vais la poser là, et je verrai si j'ai le temps de l'ouvrir tout à l'heure, là j'ai du travail. Elle coince l'enveloppe sous le clavier de son ordinateur, et se replonge dans son recours administratif et ses haut-parleurs diffuseurs de miaulements.

Tout l'après-midi, l'enveloppe racoleuse lui fait de l'œil. Plus Christine essaye de l'ignorer, plus elle semble lui crier « ouvre-moi », « ouvre-moi ! », « OUVRE-MOI ! ». À 16 heures, c'en est trop, Christine craque. Elle vérifie que personne ne se promène dans le couloir, ferme la porte de son bureau et tamise un peu la lumière, son cœur s'accélère. *Arrête un peu tes bêtises.* Christine décachette l'enveloppe et jette un œil craintif à l'intérieur. C'est ce qu'elle redoutait. Le même carton d'invitation, les mêmes premiers mots :

Félicitations, Christine, vous remportez notre grand concours pour rencontrer la personne qui va changer votre vie !

2.

Sauter du train en marche

7 h 30. Christine Boulet grimace en ouvrant la boîte aux lettres, elle plisse les yeux si fort qu'elle distingue à peine ce qui s'y trouve. Cela fait une semaine que chaque matin la même enveloppe satinée l'y attend, et une semaine que chaque matin elle finit dans la poubelle. Mais ce matin, la boîte aux lettres est vide. Rien. Nada.

La grimace se transforme en un large sourire, Christine est si soulagée qu'elle embrasse Madame Picharet lorsqu'elle passe derrière elle en compagnie de Popey ! *Ça ne va pas mieux, celle-là.* Nadine Picharet lève les yeux au ciel tout en essayant de se dégager dignement de l'étreinte de sa jeune voisine.

Christine Boulet se rend sur le quai de la gare le pas aussi léger que le cœur. Terminé ! Fini ! Ils ont *enfin* compris qu'elle n'était pas intéressée, que sa participation au concours n'était qu'une erreur, un moment d'égarement ! Elle est *enfin* libérée de cette angoisse, terminé ce parpaing dans son estomac chaque fois qu'elle ouvre la boîte aux lettres et que l'enveloppe brillante, réapparue comme par magie, la nargue tranquillement. LI-BÉ-RÉE.

Christine avait pris une bonne leçon, on ne l'y reprendrait plus. Plus jamais elle ne participera à un concours idiot de magazine qui lui promet la rencontre la plus importante de sa vie. Mais qu'est-ce qui avait bien pu lui prendre ce soir-là ?

C'était il y a trois semaines environ, Christine se remettait doucement de la fin de son roman préféré, *Autant en emporte le vent*, le cœur aussi brisé que celui de Scarlett O'Hara, et le week-end n'en finissait pas. Un week-end gris, froid et pluvieux pendant lequel elle n'avait pas mis le nez dehors. Le refuge de ses romans et la compagnie de leurs personnages n'avaient pas été suffisants pour la réchauffer, l'entourer, la cajoler. Une fois n'est pas coutume, ce dimanche soir Christine Boulet avait eu besoin d'un peu de chaleur humaine, la vraie, plutôt que la seule compagnie du papier. Elle avait eu un cafard qui n'en finissait pas de grossir. C'est à ce moment-là qu'une annonce en dernière page du numéro hebdomadaire de *Pipelette* avait retenu son attention. Le titre était aguicheur : « *Tentez votre chance et rencontrez la personne qui va changer votre vie* ». Il suffisait d'envoyer un e-mail à l'adresse indiquée dans l'annonce et le tour était joué. Déprimée, Christine avait décidé de tenter sa chance :

Bonsoir Pipelette,

Nous sommes dimanche soir, et comme d'habitude je suis seule. Depuis tout ce temps j'aurais dû m'y habituer, pourtant je n'y arrive toujours pas. Je me demande souvent si je compte pour quelqu'un, si une personne sur cette planète pense à moi de temps en temps. Je veux dire... quelqu'un d'autre que ma mère.

Je sais que je n'ai jamais été ni la plus jolie, ni la plus drôle, ni même la plus intelligente. Je sais que je suis timide, réservée, et que bien souvent je préfère regarder la vie de loin pour éviter de souffrir. Mais est-ce que le bonheur est réservé aux gens extravagants et pétillants ? N'y a-t-il pas quelqu'un, juste une personne, qui pourrait avoir envie de s'intéresser à moi malgré mes bourrelets, mon visage fermé et ma peur de tout ?

J'aimerais tellement sentir un jour la main de quelqu'un dans la mienne, avoir le sentiment de compter pour quelqu'un. Que l'on m'attende impatiemment le soir, que l'on me regarde gentiment le matin.

Je ne sais pas si la promesse de ce concours est sincère, si vous pouvez vraiment m'aider à rencontrer la personne qui changera ma vie, mais je l'espère de tout mon cœur. Parce que ma vie... ma vie est triste. J'ai toujours préféré la compagnie des livres à celle des gens. Les livres ne se moquent pas de vous, ils ne vous abandonnent pas, ils sont là quand vous en avez besoin, c'est tout. Mais au fil des années je suis devenue cette fille triste, effacée, aussi discrète qu'un fantôme. Certains jours cela me convient, et d'autres je ne comprends pas quel est le sens de ma vie. Si l'on peut même parler d'une vie... Je me contente de traverser l'existence en essayant de passer inaperçue, et je crois que pour une fois j'excelle dans un domaine.

Alors chère équipe de Pipelette, si vous pensez pouvoir mettre quelqu'un sur ma route qui me donnera l'impression d'exister, je vous en serais éternellement reconnaissante car vous m'aurez enfin convaincue que ma vie a un sens. À très bientôt j'espère.

Christine

En moins d'une minute Christine avait envoyé sa candidature, et elle l'avait tout aussi rapidement oubliée. Jusqu'à ce que ce déferlement d'enveloppes nacrées s'abatte sur elle pour l'informer qu'elle avait été tirée au sort pour vivre « *la plus grande expérience de sa vie* ».

Mais grâce à sa détermination, Christine était finalement arrivée à bout de l'équipe de *Pipelette*. Elle alluma ses écouteurs en montant dans le train. « *Je me baladais sur l'avenue, le cœur ouvert à l'inconnu, j'avais envie de dire bonjour à n'importe qui.* » Le sourire aux lèvres, Christine finit par trouver un siège libre et salua sa voisine avant de s'installer près de la fenêtre.

* * *

La plage de Cap-d'Ail, l'arrivée dans le dernier tunnel avant d'entrer en gare de Monaco, les passagers qui s'agitent avant de descendre, les rails qui crissent sous les freins, le trajet est terminé.

Comme toujours, Christine laisse le train se vider très largement. Sa voisine, les jambes tournées vers le couloir mais toujours assise, semble en faire de même. Après de longues minutes, sa voisine n'a toujours pas bougé et Christine est coincée près de la fenêtre. De nouveaux passagers commencent à s'installer, Christine toussote et s'agite pour signifier à sa voisine qu'il est temps de descendre, elle ajoute : « *Pardon, je voudrais descendre.* »

La femme lui adresse un sourire distrait, attend encore quelques secondes, puis bondit de son siège et disparaît hors du train en un éclair.

Maladroitement, Christine tente de remonter à contre-courant le flot de voyageurs qui avance dans le wagon, mais elle parvient difficilement à se faufiler entre les sièges. *Pardon. Excusez-moi. Pardon, je vais juste descendre.* Alors qu'il ne lui reste plus que quelques mètres à franchir, la porte se ferme et émet un soupir sonore qui annonce son verrouillage. Sur le quai, le sifflet retentit. Une légère secousse, et le train redémarre.

Christine, interdite, est debout dans l'allée. Son cœur bat la chamade, ses joues sont rouge écarlate. En six ans elle n'avait jamais loupé son arrêt, elle ne sait même pas quelle est la prochaine gare ! Où est son portable ? Elle doit prévenir Giulia, et lui demander de vérifier l'itinéraire de la ligne, et trouver l'horaire du prochain train, et prévenir l'*office manager* de son retard, et envisager de prendre le train suivant ce soir pour rattraper son retard. *Merde, pas de réseau dans ce foutu tunnel !* Une petite barre se met à clignoter, Christine croise les doigts pour que ce petit bâton de réseau la mette en communication avec Giulia.

Enfin, une tonalité.

— Brexwell et Associés bonjour – *Good morning, welcome at Brexwell and Associates – Benvenuti…*
— Giulia, c'est moi, c'est Christine, la coupe-t-elle, est-ce que tu pourrais prévenir Sophie et lui dire que j'aurai du retard s'il te plaît ?
— Mais…

Giulia semble hésiter, elle reprend à voix basse :

— Christine, prends le temps qu'il te faut, tu as besoin de repos, tu travailles trop. J'ai transmis ton arrêt de travail à Patrick des ressources humaines, personne ne t'attend avant la semaine prochaine. Ne fais pas de zèle, repose-toi.

Un arrêt de travail ? La semaine prochaine ? Mais enfin, qu'est-ce qui lui prend !

— Giulia, quel arrêt de travail ? Pour quelle raison je suis arrêtée ?
— Christine, je ne sais pas, je sais que c'est privé ce genre de choses.
— Giulia… ?

— Bon ok, mais c'est seulement parce que je suis tombée dessus en scannant le courrier, je n'ai pas cherché à regarder !
— Giulia… ?

Giulia semble mal à l'aise à l'autre bout du téléphone, elle toussote pour la troisième fois.

— Pour surmenage, ma petite Christine.

Christine est consternée, Giulia poursuit frénétiquement :

— Mais tu sais, c'est normal, on l'a tous compris immédiatement – *tous ?!* – c'est vrai que tu travailles beaucoup trop, le farniente tu connais pas, tu arrives tous les matins comme une petite souris et tu t'échappes le soir, on ne te voit même pas sortir à midi ! Avec la bénédiction de tout le cabinet, re-po-se-toi, ma petite Christine, et reviens-nous en forme !

Christine bafouille quelques mots à l'intention de Giulia et raccroche. *Mais qu'est-ce qui se passe… ?*

Elle regarde les kilomètres défiler, et cette côte qu'elle ne connaît pas. Les gares se succèdent, le train les traverse sans même ralentir. Roquebrune-Cap-Martin, Menton, Vintimille, Mortola. Christine est en Italie, et le train continue sa course folle. Après trente minutes, le paysage ralenti enfin, et le train s'arrête. Depuis sa place, Christine ne distingue pas le panneau sur le quai de la gare, elle se lève et descend rapidement pour ne pas rester enfermée une minute de plus dans ce wagon. Une fois sur le quai, son estomac se noue devant le large panneau bleu marine, qui indique en lettres blanches : « BORDIGHERA ».

Bordighera… La voilà en Italie, à soixante-dix kilomètres de chez elle.

Alors qu'elle lance des regards de tous les côtés sur le quai pour trouver un contrôleur qui lui indiquera l'horaire du prochain train vers Monaco, un homme la bouscule et renverse son sac à main dont le contenu s'étale sur le quai.

— *Mi dispiace, sono davvero maldestro*, répète l'homme qui est déjà accroupi près du sol et s'affaire à tout remettre à sa place.
Christine sourit bêtement, un peu gênée. Elle ne comprend pas un mot d'italien.

— *Grazie, grazie, va bene*, bafouille-t-elle en lui indiquant que ce n'est pas grave.

Ils se redressent en même temps, Christine replace son sac autour de son épaule et l'homme disparaît aussi vite qu'il est apparu.

Elle reprend ses recherches, aucun contrôleur en vue. Christine plonge la main dans son sac à main à la recherche de son téléphone portable pour appeler Giulia, elle saura trouver une solution. Elle tâtonne longuement à l'aveugle entre les paquets de mouchoirs, son portefeuille, son livre, les clés de chez elle, une enveloppe, Christine commence à angoisser, elle ne sent pas son téléphone portable. Immédiatement, elle se réaccroupit et renverse le contenu de son sac sur le sol. Elle a beau chercher, aucune trace de son portable. Christine ferme les yeux et se maudit intérieurement. Cet Italien qui l'a renversée tout à l'heure, il a dû le lui voler sous son nez et elle n'a rien vu ! Une à une, elle récupère ses affaires pour les ranger à nouveau. Trois paquets de mouchoirs, son portefeuille, son livre, les clés de chez elle, une enveloppe. *UNE ENVELOPPE ?!*

— Non non non, répète Christine en déchirant le papier nacré.

Cette fois, le message est différent.

Chère Christine,

Nous savons que faire la rencontre la plus importante de sa vie peut faire peur, aussi nous comprenons votre réticence. Toutefois, vous avez fait appel à nous pour vous aider à changer votre vie, et nous n'allons pas vous laisser tomber. Envisagez donc ce qui vous attend comme notre petit coup de pouce, vous nous remercierez plus tard.

Pedro vous attend devant la gare, votre téléphone portable est avec lui mais il a interdiction de vous le rendre avant samedi !

Faites-nous confiance, laissez-vous porter et profitez du voyage…

À samedi

3.

« Chi va piano va sano »

Sur le parvis de la gare, Pedro est assis sur le capot de sa vieille Fiat 500 vert bouteille. Il mâchouille une allumette et regarde les gens, comme si le temps passé à attendre que Christine le rejoigne n'avait pas d'importance.

Elle finit par sortir de la gare, furieuse. Lorsqu'il l'aperçoit qui s'avance vers lui d'un pas décidé, Pedro se redresse immédiatement et lève les mains devant lui en guise d'excuses. Il lui adresse un sourire mi-gêné mi-amusé, fait le tour de la voiture et lui ouvre la portière côté passager.

— Je suis désolé, Cristina…

Sans un mot et les sourcils froncés, elle lui jette un regard noir et s'installe sur le siège usé, son sac à main plaqué contre la poitrine.

À son tour Pedro monte rapidement dans la voiture, il tourne la clé du contact et après de pénibles toussotements la vieille Fiat 500 émet un vrombissement sonore. Il démarre en trombe et quitte le parking à toute vitesse. *Mais pourquoi les Italiens conduisent-ils si vite ?* se demande Christine qui se cramponne à la portière.

Après dix minutes de karting dans les rues de Bordighera, la ville s'éloigne pour laisser la place à une route de montagne avec des virages en épingle. Finalement, Pedro ralentit à l'entrée du village de Soldano, et s'engage dans une petite allée privée bordée de fleurs. La Fiat 500 se gare devant une maison entourée d'oliviers, de magnifiques rosiers odorants accueillent les visiteurs. Alors que Christine descend de la voiture, une femme d'une cinquantaine d'années à la poitrine aussi généreuse que le sourire sort sur la terrasse pour les saluer.

— Cristina, je suis heureuse de vous recevoir chez moi. *Bravissimo* pour le concours, j'ai appris que vous étiez la grande gagnante, je suis ravie de vous avoir avec nous pour quelques jours. Je suis Paola, *benvenuti* !

L'accueil est si chaleureux que toute la colère de Christine s'est évanouie, même si elle ne comprend toujours pas ce qui est en train de se passer.

— Paola, merci pour votre accueil mais il y a erreur, je ne vais pas rester je… enfin je n'ai pas d'affaires, je devais aller travailler et le train… puis mon portable… je ne parle même pas italien…

Sans s'en rendre compte, Christine a suivi Paola jusque dans la cuisine et s'est installée autour de la grande table en bois brut. La pièce est terriblement chaleureuse, les casseroles en cuivre sont accrochées au mur, les plantes aromatiques prennent le soleil sur le rebord de la fenêtre, la charcuterie sèche au plafond, et des dizaines de bouteilles de vin sont allongées dans la cave. Paola verse un fond de café noir dans deux tasses minuscules, et découpe deux généreuses parts de quatre-quarts qu'elle met dans une assiette.

Paola s'installe à côté de Christine et lui pose une main chaude et rassurante sur le bras.

— *Cara mia*, arrête de te poser tant de questions… Nous parlons tous *francese* ici alors ne t'inquiète pas pour ça, Pedro va te montrer ta chambre, et pour ton portable, tu verras, tu n'en auras pas besoin ici.

La voix de Paola est douce et rassurante, elle est passée naturellement au tutoiement. Christine finit par baisser les armes, après tout, personne ne l'attend ni au travail ni chez elle, et elle n'a pas pris de vacances depuis des lustres.

— D'accord, finit-elle par lâcher en se reculant au fond de sa chaise, je suis avec vous jusqu'à samedi, c'est ça ?

Paola joint ses mains devant sa poitrine, elle sourit franchement.

— *Va bene*. Pedro ! appelle-t-elle depuis la cuisine.

Moins d'une seconde plus tard, le jeune homme passe la tête par la porte :

— *Si, mama ?*
— Montre sa chambre à Cristina *per favore.*

Pedro adresse un sourire engageant à Christine et l'invite à le suivre dans les escaliers. L'étage est composé de quatre pièces, deux chambres, une salle de bains et un petit bureau où sont entassés des livres, des vieux chapeaux et des paniers en osier.

— Ta chambre est ici, si tu as besoin de quelque chose, n'hésite pas !

Ses derniers mots se perdent dans l'escalier, Christine est seule sur le palier. Elle entre timidement dans sa chambre. La pièce est calme et baignée de lumière, les meubles sont anciens mais le lit qui se trouve à quatre-vingts centimètres du sol a l'air confortable. La fenêtre donne sur le jardin, un chien paresseux est allongé sous un olivier au milieu des herbes folles, un immense citronnier diffuse son parfum jusque dans la chambre. Pour tester le matelas, Christine se laisse tomber de tout son poids sur le lit. Le sommier à ressorts la fait rebondir en grinçant. Les yeux rivés au plafond, Christine sent son estomac qui commence à se serrer. *Mais qu'est-ce que je fais ici ? Et qu'est-ce que je vais faire jusqu'à samedi, nous ne sommes que mardi !*

Son nez commence à la chatouiller, son menton se met à trembler, elle sent les larmes se former au bord de ses paupières et rouler sur ses joues. Elle a l'impression d'être de nouveau une petite fille, lorsque sa mère la forçait à partir en colonie de vacances pour *se faire des amis*. Se retrouver avec des dizaines d'enfants méchants qui allaient se moquer d'elle lorsqu'elle ne réussirait pas à courir aussi vite que les autres, qui ne la choisiraient pas dans leur équipe pour jouer à la balle aux prisonniers, et qui éviteraient de s'installer à sa table pendant les repas de peur qu'elle ne finisse le plat à elle toute seule, être la seule assise au moment des slows le soir de la boum parce que personne ne l'a invitée à danser. Et les douches, trop étroites pour elle. Et les matelas, trop fins pour son poids. Son cœur se serre, Christine veut rentrer chez elle. Elle cache son visage sous ses bras.

* * *

Allongée sur le lit depuis son arrivée, le regard fixé au plafond à se demander comment se sortir de cette situation, les pensées de Christine sont interrompues par une délicieuse odeur de tomate et de basilic qui vient lui chatouiller les narines. Son estomac émet un ronronnement de plaisir. Elle s'assoit sur le bord du lit, ses pieds touchent à peine le sol. Elle jette un coup d'œil à sa montre, bientôt midi !

Il est grand temps de descendre cuisiner Paola pour comprendre ce qui se passe.

À chaque marche l'odeur est de plus en plus délicieuse. Lorsque Christine entre dans la cuisine, Paola taille en pièces des légumes sur une planche à découper sans âge, en remuant les hanches au rythme d'un groupe de pop italienne. « *Non dirmi che ti piace anche un altro, un altro, che dopo un improvviso silenzio, adesso torni da me.* » Les oignons chantent dans la sauteuse, le coulis de tomate frétille dans la casserole.

Sans se retourner, Paola s'adresse à Christine :

— Tu t'es installée, Cristina ? J'espère que tu as faim, nous allons bientôt manger, sers-nous deux verres de *vino* je te rejoins sur la terrasse, j'en ai pour *un minuto*.

Paola désigne un placard du menton, Christine en sort deux verres à pied, se saisit d'une bouteille de rosé entamée dans le frigo, et les remplit un peu trop. Elle a besoin de courage pour ce qu'elle s'apprête à annoncer à Paola.

L'Italienne la rejoint à l'extérieur quelques minutes plus tard, et dépose sur la table de jardin un plateau sur lequel se trouvent du pain à l'ail, de l'huile d'olive et de la bresaola, cette charcuterie italienne fabriquée à partir de viande de bœuf. Paola s'installe confortablement sur sa chaise et ferme les yeux quelques instants.

— Tu entends, Cristina ?

Christine tend l'oreille, elle n'entend rien de particulier.

— Euuuh, non. Qu'est-ce que je devrais entendre ?
— *Il silenzio…*

Si elle entend le silence ? Christine jette un regard en coin à leurs verres de vin toujours intacts, peut-être que Paola a bu pendant qu'elle cuisinait. Elle prend une profonde inspiration, et commence :

— Paola, je vous remercie pour votre accueil chaleureux, mais je vais rentrer chez moi. Je n'ai pas d'affaires, même pas une brosse à dents, je ne sais ni ce que je fais là ni pourquoi je devrais attendre samedi avant de pouvoir rentrer. J'ai répondu à ce concours et depuis tout déraille, je ne comprends pas ce qui se passe. Je me suis trompée, je ne veux rencontrer personne.

Paola garde les yeux fermés.

— Cristina, ferme les yeux et écoute le silence.
— Paola… vous m'avez entendue ?
— Ferme les yeux… et la bouche.

Paola retient un sourire en ajoutant ces derniers mots. Un peu vexée mais comprenant qu'elle n'obtiendra rien de plus pour le moment, Christine finit par fermer les yeux. *Mais qu'est-ce qu'elle veut que j'entende, bon sang ?!*

Petit à petit, ses pensées se calment. Depuis la fenêtre ouverte de la cuisine, le son de la radio lui parvient légèrement. Au loin, une tondeuse à gazon s'est arrêtée. Elle entend le vent dans les branches des oliviers, et le bourdonnement léger des abeilles autour des roses.

Enfin, Paola se redresse sur sa chaise. Plus calme, Christine ouvre les yeux. Elle imite sa voisine qui se saisit de son verre, et le lui tend pour trinquer.

— Je pars après le déjeuner, Paola, vraiment…
— Eh bien, nous en parlerons après le déjeuner alors, en attendant goûte-moi ça ! lui dit-elle en lui présentant le plateau de charcuterie.

Christine, qui d'habitude se gave de saucisson industriel et de soda devant la télévision, découvre un nouveau monde lorsque la bresaola fond sous son palais et se mélange aux arômes du vin. Paola la surveille du coin de l'œil, et sourit discrètement.

Les deux femmes restent un moment sur la terrasse, Paola raconte à Christine comment elle a rencontré son mari, Lorenzo, l'homme de sa vie. Elle lui raconte la fougue de leur rencontre, la tendresse de leur mariage, la douceur de leur vie à deux, et le vide qu'il a laissé dix ans plus tôt lorsque le cancer l'a emporté en quelques mois seulement. Paola reste silencieuse un moment, elle se lève et ramène dans la cuisine ce qui reste de l'*aperitivo*. Par pudeur, Christine ne la suit pas. Seule sous l'olivier, enivrée par le rosé, Christine laisse divaguer ses pensées. Et si…

Et si elle aussi pouvait rencontrer son Lorenzo…
Et si elle aussi, un homme l'attendait impatiemment quelque part…

Et si elle aussi était l'amour de la vie de quelqu'un…

Tut-Tuuuuut. Un joyeux et strident coup de klaxon la tire de sa rêverie et la fait sursauter !

Dans un nuage de poussière, Pedro tire le frein à main de la Fiat Cinquecento qui avance encore. La musique à tue-tête, il sort la tête par la fenêtre et se met à chanter des paroles que Christine ne comprend pas.

« *E quando non mi vedi, ti guardo vivere*
E quando non mi vedi
Succede tutto per una ragione
E la ragione magari sei tu
Non ho niente da nascondere
E tu ?
Succede tutto per una ragione
E la ragione magari sei tu »

4.

Le premier pas

— Cristina, tu ne peux pas partir ! J'ai besoin de toi aujourd'hui, *mama*, dis-lui !

De la sauce tomate plein la bouche, Pedro s'indigne face à la décision de Christine. Paola lève les mains en signe d'impuissance, Pedro reporte son attention sur Christine, qui ne s'attendait pas à cette réaction. *Mais pourquoi veut-il que je reste enfin ?*

— Pedro, je suis désolée, je ne sais pas ce qu'on vous a dit mais… je n'avais pas prévu ce voyage, ni de gagner ce concours je… c'est un terrible malentendu.
— Cristina, *ascoltami*… Qu'est-ce que tu vas faire en rentrant chez toi ?

Christine réfléchit une seconde.

— Eh bien, je… je vais retourner travailler et reprendre le cours normal de ma vie.

— Mais Cristina, *la tua vita*, c'est aussi ça ! Ce n'est que quatre jours et… j'ai promis.

— Promis ? Mais promis quoi à qui ?

— Eh bien… samedi c'est le mariage de Ugo, mon meilleur ami. Tout le monde au village l'aide à tout préparer mais on est *in ritardo*, et sa fiancée est… *molto stressata*, alors pour la rassurer je lui ai promis que tu allais nous aider. Tu es d'accord, *si* ? *Per favore*, Cristina…

Interdite, Christine ne sait pas quoi répondre, les spaghettis glissent lentement de sa fourchette pour retomber dans son assiette.

— Aider à préparer un mariage ? Mais Pedro… je ne sais rien faire !

— Cristina, tu sais attacher des petits bouquets de fleurs, non ?

Christine opine de la tête.

— Tu sais nouer des rubans, non ?

Christine opine de la tête.

— Tu sais compter des dragées, non ?

Christine opine de la tête.

— Alors tu sais faire bien plus de choses que tu ne le crois ! *Va bene*, je suis content, Cristina !

Pedro enchaîne ensuite en parlant de football, et entame une discussion animée avec Paola sur le sujet. Ils parlent vite et Christine n'y comprend rien, elle finit par ne plus les écouter et se replonge dans ses pensées. Le matin même elle partait travailler, et la voilà à l'heure du déjeuner, embauchée pour préparer un mariage qui doit avoir lieu dans quatre jours ! Elle sent une bouffée d'angoisse l'envahir, ce n'est pas sa vie, et elle ne connaît aucune de ces personnes, comment va-t-elle pouvoir se rendre utile si elle n'arrive même pas à se faire comprendre ? Et si la mariée n'aime pas ce qu'elle fait ? Et si elle trébuche sur une table et qu'elle provoque une catastrophe ? Elle inspire profondément et tente de se rassurer, Pedro et son ami Ugo vont vite se rendre compte qu'elle les encombre plus qu'autre chose, ils la renverront chez elle *illico presto* ! Sur cette conviction, elle termine son verre de vin d'une traite. Lorsqu'elle le repose sur la table, Pedro et Paola la dévisagent d'un air amusé.

Après deux parts de tiramisu et un café *ristretto*, Pedro s'installe dans un fauteuil, pose sa casquette sur ses yeux et croise les mains sur son ventre. Avant de s'assoupir, il lance à l'intention de Christine :

— Cristina, on part dans trente minutes, *va bene* ?

— *Va bene*..., répond Christine en haussant les épaules, elle sait bien qu'elle n'a pas le choix de toute façon.

* * *

Trente minutes plus tard, la Fiat 500 fonce à vive allure dans les rues de Soldano. La fenêtre ouverte, le nez au vent, Christine prête plus attention au paysage qu'à son arrivée. Situé à seulement quelques kilomètres de Bordighera, station balnéaire touristique, Soldano est un petit village où le cours du temps semble s'être arrêté. Les maisons en pierre, solides et intemporelles, bordent une route unique qui traverse la campagne italienne. Pedro dépasse le centre-ville, ruelle pavée où se font face trois restaurants, une épicerie, un salon de coiffure et un bar sans âge, pour s'engager au milieu des vignes. Après quelques kilomètres, il tourne sur un chemin de terre bordé de grands arbres dont Christine ne connaît pas le nom. Au bout, un gigantesque portail en fer forgé leur ouvre les bras, et les invite à s'engager plus avant. L'arrivée est féerique, Christine a les yeux écarquillés et s'impatiente d'en voir plus. Pedro s'avance encore de quelques centaines de mètres, puis au détour d'un virage une immense bâtisse se dévoile.

L'endroit fourmille de monde. Christine comprend pourquoi le village lui a paru si calme, tous les habitants sont rassemblés ici et s'affairent avec plus ou moins d'intensité. Les enfants se courent après, les adultes les houspillent. Les hommes déplacent des cuves en métal, des caisses en bois et des bouteilles en verre, les femmes ont ramassé leurs cheveux et remonté leurs manches pour arranger le bazar laissé derrière eux. On sourit, on chante, on se crie un peu dessus, parfois, puis tout le monde éclate de rire.

Avant de descendre de la voiture, Christine marque un temps d'hésitation.

— Pedro, vous êtes sûr que…

Il ne la laisse pas finir sa phrase.

— Cristina, oui je suis sûr. Tu vas voir, tout le monde t'attend. Et tu me dis « tu », tu dis « tu » à tout le monde qui te dit « tu » ici, *va bene* ?

Christine opine en silence, et ouvre la portière.

À peine sortis de la voiture, un homme d'une quarantaine d'années s'approche d'eux et leur ouvre les bras.

— Pedro, tu arrives enfin ! Et tu es venu avec Cristina, la *bella ragazza*, *benvenuto* !

Sans leur laisser le temps de répondre ni à l'un ni à l'autre, il passe son bras autour des épaules de Christine et poursuit, tout aussi enjoué :

— Je suis Ugo, je suis content que tu sois venue, Cristina, viens voir par là, je vais te présenter à *mama* et aux filles, elles vont t'aider. Serena, *l'amore della mia vita*, est rentrée se reposer un peu… tout ça, ça la…, il ne termine pas sa phrase, et agite une main en l'air en grimaçant.

Il reprend :

— *Mama ! Mama !* Pedro est arrivé avec Cristina, dis à Carla de venir par ici, *pronto* !

Ugo continue de faire le tour du domaine avec Christine. Il lui montre la grange, encore encombrée de gros tonneaux et d'engins agricoles, où se déroulera le banquet du soir. Il contourne la bâtisse et l'emmène dans le jardin, où de grosses bottes de paille sont entassées les unes sur les autres.

— Ici, ce sera pour le cocktail de l'après-midi, j'ai tellement hâte, Cristina, de voir ma Serena dans sa robe blanche, c'est un ange, une perle, c'est… c'est *l'amore della mia vita*. J'ai hâte que tu la rencontres.

Ses yeux brillent d'émotion, une pointe de jalousie envahit Christine. Elle aimerait tellement que quelqu'un parle d'elle de cette manière un jour. En se promenant dans le jardin, elle commence à espérer. Et si elle rencontrait quelqu'un samedi, au mariage ? Et si, par elle ne sait quel miracle, l'équipe de *Pipelette* allait vraiment lui présenter quelqu'un qui allait changer sa vie ? Peut-être que cela valait le coup finalement. Après tout, qu'est-ce que c'était que quatre jours ? Qu'avait-elle à perdre ? Dans le pire des cas elle rentrerait seule chez elle samedi, et elle retrouverait son quotidien tranquille, ses romans et son travail, Madame Picharet et Popey le matin devant les boîtes aux lettres. Après tout… rien de moins que ce qu'elle connaît déjà, alors pourquoi ne pas se laisser tenter.

Christine est tirée de ses pensées par une voix stridente.

— UGOOOOOOOO !!!

Christine se tourne brusquement vers Ugo, qui marche quelques pas derrière elle dans le jardin.

Est-ce qu'un accident est arrivé ? Quelqu'un s'est-il blessé ?

À sa grande surprise, le visage de Ugo s'est éclairé, un sourire niais barre son visage. Il ramène les mains sur sa poitrine, et annonce avec des yeux de merlan frit :

— Serena est arrivée, ma douce *principessa* est là.

5.

Faites entrer la mariée

Sur le domaine, tout le monde s'agite. Ugo et Christine rejoignent rapidement les autres, un rassemblement s'est formé devant la grange. Lorsqu'ils arrivent, tout le monde s'écarte pour laisser passer Ugo, et Christine découvre enfin l'heureuse élue.

Comme tous ceux qui la voient pour la première fois, Christine est subjuguée par Serena. Une sirène blonde, perchée sur des chaussures compensées d'au moins vingt centimètres. Elle est éblouissante de beauté, sa peau est parfaite, ses yeux sont d'un bleu magnifique, son nez est fier, une moue se dessine sur son visage lorsqu'elle aperçoit enfin celui qu'elle s'apprête à épouser.

— Ugo, mais enfin… rien ne sera prêt pour samedi ! C'est un *disastro* ! Nous sommes tellement *in ritardo* !

Et elle éclate en sanglots. Ugo la serre dans ses bras, et lui murmure à l'oreille des paroles rassurantes que Christine ne comprend pas.

Gênée, Christine reste à distance. Elle n'est là que depuis quelques minutes mais elle culpabilise déjà. Si Ugo n'était pas en train d'aider tout le monde, c'est seulement parce qu'il lui faisait faire le tour du domaine. Elle vient à peine d'arriver qu'elle retarde déjà tout le monde. Elle recule discrètement, honteuse, quand soudain Serena relève la tête et croise son regard. Elle s'extrait alors des bras de Ugo, et tend les mains vers celles de Christine.

— Oh, Cristina ! Pedro m'a dit que tu allais nous aider, *grazie*, *grazie mille*.

De près, des larmes plein les yeux, elle est encore plus belle. Christine serre ses mains dans les siennes, et tente :

— Ça va aller, il ne faut pas s'inquiéter, ce n'est qu'une question d'organisation. Et samedi… c'est encore dans quatre jours ! Tout va bien se passer, j'en suis sûre.

Serena essuie une larme qui roule sur sa joue, Ugo adresse à Christine un sourire plein de gratitude, et Pedro lui fait un encourageant signe du pouce vers le haut.

Serena réajuste son chemisier sur sa taille, elle inspire profondément et tire Christine par la main.

— *Andiamo !* Je vais te présenter mes demoiselles d'honneur.

* * *

Alors que les *mamas* sont affairées au nettoyage, Serena, Christine et les demoiselles d'honneur sont installées dans le jardin, à l'ombre d'un olivier, et finalisent la décoration de table. De minuscules marguerites doivent être assemblées ensemble pour former de délicats colliers, des fleurs des champs triées sur le volet doivent être disposées dans des vases en verre opaque soufflé grossièrement, des ronds de serviette en toile de jute doivent être cousus et décorés d'une fleur blanche.

Chacune des demoiselles d'honneur a une tâche à accomplir. Carla, une petite brune au nez retroussé et aux yeux noisette, est chargée de la décoration. Elle a repris la boutique de fleurs de sa famille, et élargit son activité avec de la décoration d'événements. Elle explique à Christine son plaisir d'assembler les éléments pour faire du beau. Les vases en verre soufflé viennent de France, d'une verrerie qui se trouve près de chez Christine, à Biot.

— Je les ai seulement loués, si tu veux, Cristina, nous pourrons les rapporter ensemble à la verrerie dimanche, je te montrerai leur atelier.
— Euh… oui, pourquoi pas.

Carla lui adresse un sourire entendu, Christine comprend que le projet est acté. Carla en profite pour jeter un œil à la composition que Christine est en train de glisser dans un vase.

— C'est très beau, Cristina, tu es douée.

Et alors que les joues de Christine tournent au rouge écarlate, Bianca, la deuxième demoiselle d'honneur, prend la parole et détourne l'attention. Bianca s'occupera du maquillage et de la coiffure de Serena pour le grand jour. Pendant qu'elles piquent, cousent et assemblent la toile de jute, Serena et elle peaufinent les derniers détails de la coiffure.

— Serena, je sais que tu veux laisser tes cheveux *libero* sur tes épaules, mais ce n'est pas possible, tu vas avoir trop chaud !

— Mais ce sera tellement plus joli…

Serena reprend la moue boudeuse offerte à Ugo quelques heures auparavant, elle sait que personne ne peut y résister.

— Bon… peut-être qu'en relevant tes cheveux sur ta nuque pour la journée… et seulement quelques épingles à enlever… il faudrait faire quelques essais…, réfléchit Bianca à voix haute.

— Oui, ce serait parfait ! s'enthousiasme Serena dont le regard s'est illuminé.

— *Va bene*, viens au salon demain après-midi, finit par céder Bianca. Viens aussi, Cristina, tu ne peux pas délaisser tes cheveux comme ça.

Surprise d'une telle franchise, Christine rougit encore plus.

— Mais je… c'est qu'enfin…

Les filles éclatent de rire, Serena pose une main sur le bras de Christine et lui dit, sur le ton de la confidence :

— Tu verras, elle est magicienne.

Christine sourit, gênée. Elle prend conscience que Serena, Carla, Bianca et Livia qui l'entourent ont le même âge qu'elle, pourtant elle se sent terriblement vieille à côté d'elles.

Ce matin, elle s'est habillée pour aller travailler, avec comme chaque jour un pantalon de tailleur noir, sans âge ni forme, et un chemisier blanc, devenu gris à force d'être lavé. Sa garde-robe de la semaine se limite à cet uniforme, les pantalons ne sont pas exactement les mêmes, certes, parfois le chemisier est beige ou bleu marine, certes, mais il ne varie pas davantage. Le week-end, elle ne sort quasiment pas de chez elle, elle se contente donc d'une panoplie de pyjamas en pilou, de sweats à capuche trop grands pour elle, et de chaussons-chaussettes antidérapants. Elle a bien acheté une jupe l'année dernière, pour le repas de fin d'année du cabinet, mais au dernier moment elle s'est ravisée et a finalement opté pour sa panoplie habituelle. La jupe porte encore l'étiquette, d'ailleurs.

Quant à la coiffure et au maquillage, ce n'est même pas un sujet. La coiffure se limite à deux shampoings par semaine, une queue-de-cheval sur la nuque tous les matins, et un rendez-vous annuel chez le coiffeur pour couper les quelques centimètres accumulés au cours des douze derniers mois. Pour le maquillage c'est encore plus simple, elle n'en porte pas. Jamais. Elle ne sait pas comment faire, et d'ailleurs elle ne saurait même pas quoi acheter.

Comme si elle lisait dans ses pensées, Livia, la troisième et dernière demoiselle d'honneur, lance avec bienveillance sans lever les yeux de son ouvrage :

— Cristina, Serena a rendez-vous à l'atelier demain matin pour les derniers ajustements de sa robe de mariée, accompagne-la, tu ne vas pas rester habillée comme ça jusqu'à samedi !

De plus en plus enthousiaste, Serena tape joyeusement dans ses mains.

— Oh oui, Cristina, viens avec moi demain ! Tu n'as jamais vu la robe, tu pourras me donner ton avis ! Livia est trop *modesto*, sa boutique n'est pas un atelier mais une véritable caverne d'Ali Baba !

Serena et ses amies se montrent si chaleureuses et accueillantes avec elle que Christine ne peut refuser aucune de leurs invitations. Pourtant, sa seule envie est d'aller se cacher dans un trou de souris et de ne plus en ressortir. *Elles sont belles, elles sont minces et en plus elles sont gentilles, bonjour les complexes !*

Le reste de l'après-midi se déroule tranquillement, chacun s'est trouvé une occupation, la décoration de table s'entasse dans une caisse en bois, prête à être disposée le moment venu, Serena semble plus détendue.

La luminosité commence à baisser, Pedro s'approche timidement du petit groupe et rougit lorsque Livia croise son regard.

— Est-ce que je peux récupérer Cristina ? *Mama* nous attend…

— *Certo si ! Grazie mille*, Pedro, de nous avoir amené Cristina, demain elle passe la journée avec nous, lui répond Serena, tu peux la déposer à 10 heures à l'atelier de Liv' ?

— *Si si securo*, répond maladroitement Pedro.

* * *

Contrairement à son habitude, Pedro ne dit pas un mot le temps de rejoindre la voiture, perdu dans ses pensées. Amusée, Christine attache sa ceinture, et lui dit sans le regarder :

— Elle est belle, hein ?

— Qui ça ?

— Livia…

— Oh, je… je ne sais pas je n'ai pas fait attention, je la connais depuis toujours, tu sais.

Christine n'insiste pas, elle n'est donc pas la seule à avoir besoin d'un petit coup de pouce. Elle descend la vitre côté passager, et penche la tête à l'extérieur de la voiture. L'air est doux, les cigales entament leur concert nocturne, elle ferme les yeux.

6.

Miroir, mon beau miroir

Paola les accueille sur la terrasse lorsqu'elle entend la voiture arriver.

— Pedro, *piano* avec ta *Cinquecento* ! Tu roules comme un *pazzo* avec cette voiture, si ton père te voyait, termine-t-elle en joignant les mains en prière devant elle et en levant les yeux au ciel.

— *Si, mama*, arrête de t'inquiéter…

Paola fronce les sourcils en direction de son fils et se dirige vers Christine pour rejoindre la maison, bras dessus bras dessous.

— Cristina, *tesoro*, j'ai déposé quelques affaires sur ton lit. Si tu veux te changer avant de dîner, ou prendre une douche, tu es ici *a casa*, prends ton temps.

Puis elle libère son bras au pied de l'escalier, et se rend dans la cuisine où les casseroles sont de nouveau sur le feu.

Christine monte les marches, traverse le palier et entre dans sa chambre. Sur le lit, elle découvre les affaires que Paola lui a choisies. Deux robes colorées, un jean, un pantalon ample en mousseline beige, un pyjama en coton, une pile de tee-shirts et une paire de Converse roses, voilà pour les vêtements. Pour la toilette, une trousse contient tout le nécessaire. Enfin, une boîte entourée d'un gros ruban rouge, sous lequel est glissée une nouvelle enveloppe satinée, attend d'être déballée.

Prudemment, Christine ouvre l'enveloppe, tire sur le petit carton et commence à lire :

Christine,

Nous sommes heureux que vous soyez bien installée chez Paola, nous espérons que cette première journée en compagnie de Pedro vous a offert de belles perspectives sur ce qui vous attend d'ici samedi.
Avez-vous fait une première rencontre heureuse aujourd'hui ? Partez à la découverte... et gardez l'esprit ouvert.

Pour la journée de demain un seul conseil : amusez-vous sans préjugés !

Belle soirée

Elle jette le courrier sur le lit, et s'empare de la boîte en soupirant. *Qu'est-ce que c'est que ça encore ?*

Elle dénoue le ruban et soulève le couvercle… qu'elle referme aussitôt. Pour la troisième fois de la journée, ses joues sont en feu.

Christine saisit la trousse de toilette et se rend dans la salle de bains en remuant la tête de gauche à droite.

* * *

Debout dans la vieille mais solide baignoire à sabot, Christine n'ose pas bouger de peur de mettre de l'eau partout. Le rideau de douche qui l'entoure est si rapproché d'elle qu'elle le déplace au moindre mouvement et menace d'inonder la salle de bains. À nouveau, elle se sent revenir aux colonies de vacances, aux douches trop étroites et à son corps trop encombrant. Comme quoi, vingt années ont passé mais rien n'a vraiment changé.

Pour chasser ces pensées qui s'amoncellent au-dessus de sa tête comme des nuages noirs un soir d'orage, Christine plonge son visage sous l'eau chaude et reste sans bouger de longues minutes. *C'est n'importe quoi toute cette histoire, dans quoi est-ce que je me suis embarquée…*

Lentement, l'eau commence à tiédir, puis soudainement devient glacée. Christine se savonne en vitesse, et sautille d'un pied sur l'autre en enchaînant les « oh », les « ah » et les « ih » aigus au moment de se rincer.

Frissonnante, elle descend prudemment de la baignoire et se réfugie dans le peignoir à fleurs qui l'attend, pendu sur le cintre accroché à la porte.

Face au miroir, elle passe ses mains sur son visage et appuie sur ses joues, faisant ressortir ses pommettes rebondies. Sous ses yeux, des cernes bleutés la font ressembler à un panda. Cette journée au soleil lui a cependant donné meilleure mine. À l'exception de sa pause déjeuner dans les Jardins Princesse Grâce, il est rare qu'elle mette le nez dehors, et son teint reste blafard en toutes saisons. Pendant les mois d'été c'est même pire, elle se réfugie chez elle et limite ses déplacements aux seuls lieux climatisés. Quand elle transpire à grosses gouttes dans le train au mois de juillet, sous son chemisier et son éternel pantalon de tailleur, elle fait semblant de ne pas entendre les réflexions des gamins : « Sale temps pour les gros. » *Sale temps pour les petits cons oui, et pour ça pas de saison...* Quant à la plage, pourtant à deux pas de chez elle, même pas la peine d'y penser. Christine Boulet n'a d'ailleurs plus de maillot de bain dans sa garde-robe depuis longtemps. *Pour quoi faire, qui voudrait voir ça ?* Elle, certainement pas.

Une bonne fois pour toutes elle chasse ces pensées et se détourne du miroir. Prudemment, elle ouvre la porte de la salle de bains, et après avoir vérifié que personne ne se trouve à l'étage elle regagne sa chambre au petit trot, dont elle referme immédiatement la porte derrière elle.

Pendant de longues minutes, elle considère les vêtements posés sur le lit. Christine hésite entre enfiler directement le pyjama en coton – après tout, elle ira se coucher directement après le dîner, ou le pantalon en mousseline assorti d'un tee-shirt à bretelles fines.

Elle se rapproche de la fenêtre, l'ouvre et s'y accoude quelques instants. L'air est doux, le chant des cigales est bercé par un vent léger qui fait frémir les feuilles des oliviers. Tout est si calme, elle profite de l'instant.

Elle s'éloigne finalement de la fenêtre, il est temps de s'habiller et de descendre rejoindre Paola dans la cuisine. Elle attrape le pantalon en mousseline et le top à bretelles, puis se contorsionne sous le peignoir pour les enfiler sans avoir à exposer son corps rebondi.

* * *

La nuit est tombée lorsque Christine passe timidement la tête dans la cuisine. Paola découpe une quantité astronomique de légumes, qu'elle jette ensuite dans une grande marmite en fonte. Christine entre dans la pièce, Paola lève la tête et lui sourit :

— Cette tenue te va à ravir, on voit enfin tes épaules !

Christine lui adresse un sourire gêné, soudain elle se demande si elle n'est pas un peu trop dénudée. Paola intercepte ce regard de doute, et lui dit gentiment en lui posant une main sur le bras :

— Cristina, regarde-moi et dis-moi ce que tu vois.

— Eh bien…, commence Christine, hésitante, je vois une femme mûre, généreuse, d'une extrême gentillesse, douce, attentive, une cuisinière, une maman, une femme de caractère aussi.

— Bien… Et est-ce que tu vois mes hanches, qui donnent à mon corps la forme d'une bouteille de soda à l'orange ? Est-ce que tu vois ma poitrine, qui m'empêche de voir mon nombril ? Est-ce que tu vois aussi mes cuisses, qui ne rentrent certainement pas dans une taille 40 ! Est-ce que tu vois mes bras, mon ventre trop gras ?

— Non…

— Et pourtant tout est sous tes yeux aussi, mais Cristina, les gens ne voient que ce que tu dégages. Et quand tu t'enfermes dans ton pantalon noir et ton chemisier, tu te censures, tu te caches, on ne sait pas qui tu es, Cristina.

— Mais est-ce que je le sais moi-même ? murmure Christine, plus pour elle-même que pour son interlocutrice.

Paola lui sourit tendrement, et lui tend une planche à découper et un couteau.

— Alors laisse-moi t'aider à le découvrir, au moins pour ce soir tu seras mon commis ! Il faut tailler tout ça en pièces.

Elle lui désigne deux caisses en bois remplies à ras bord de légumes du soleil, des poivrons, des oignons, des tomates, des courgettes, et des aubergines. Dans une troisième caisse, des poulets ficelés et déplumés attendent d'être désossés et découpés, avant d'être enduits d'huile d'olive et recouverts d'aromates puis de passer à la cuisson.

— Qu'est-ce qu'on prépare ? lui demande Christine.
— Le repas de demain midi, chez Giacomo.
— Giacomo ?
— Le père de Ugo, et le propriétaire du domaine Tenuta où tu as passé l'après-midi.

Christine opine de la tête puis, après un silence chargé, ose :

— Et vous le connaissez depuis longtemps… Giacomo ?

Paola rougit, elle a très bien compris le sous-entendu dans la question de Christine.
— Cristina, *spudorato*… jeune effrontée !

Elles éclatent de rire ensemble, et Paola commence à raconter.

— Ah, Giacomo… je le connais depuis toujours.

Elle raconte leur enfance, dans les rues de Soldano. Cette autre époque, sans téléphone portable, sans internet, sans autre réseau social que l'école et le voisinage, sans peur aussi. Les étés dans les vignes de Tenuta, l'odeur de la terre, la sensation des grains de raisins que l'on écrase avec les pieds à la fin des vendanges, les soirées à la belle étoile, allongés tous les trois sur des bottes de paille qui leur laissaient des échardes plein les vêtements. Les trois mousquetaires, comme ils se surnommaient eux-mêmes. Puis le temps de l'adolescence et des premières amours, Lorenzo moins timide que Giacomo, un premier baiser salé sur une plage de Bordighera, à l'abri des regards curieux. Le temps qui file, Giacomo qui s'éloigne, ou peut-être elle et Lorenzo qui s'isolent, un mariage simple et joyeux, un samedi de juin dans la petite église du village, puis une fête sans fin dans les rues pavées qu'ils connaissent par cœur. Quelques mois plus tard un ventre qui s'arrondit, la naissance de Pedro qui fait le bonheur de ses parents. La vie. Giacomo s'est marié, lui aussi, et elle est partie, elle aussi, mais avec un autre homme. Le cancer de Lorenzo, la terre qui s'écroule. Giacomo toujours là, mais toujours loin. Pudique. Et depuis, les années qui défilent.

Alors que Paola se perd dans les souvenirs qu'elle partage avec bienveillance, Christine observe son visage. Elle lit dans ses yeux qui se plissent le bonheur d'un moment, dans sa lèvre qui tremble une émotion ressuscitée, dans ses pommettes qui se rehaussent un rire oublié. Et plus elle observe cette femme, plus Christine comprend à quel point sa propre vie est vide. Elle aime son travail, oui, mais que peut-elle raconter d'elle ? Qu'a-t-elle vécu qu'elle pourrait raconter à une étrangère, dans vingt ans, assise à une table de cuisine ?

* * *

Perdues chacune dans leurs pensées, Pedro déboule dans la cuisine et les sort brutalement de leurs rêveries.

— *Mama*, Cristina, ce soir nous mangeons les pizzas de Ugo ! Il savait que tu serais en train de tout préparer *per domani*, il nous en a mis trois de côté. Il faut les manger tant qu'elles sont chaudes, *a tavola* !

Joignant le geste à la parole, il pose au milieu de la table trois boîtes desquelles s'échappe une odeur à tomber par terre. Christine et Paola s'activent pour mettre de côté leur ouvrage qu'elles reprendront après le dîner, pendant que Pedro sort trois verres à vin et pose une bouteille de Chianti sur la table.

Ils mangent à même le carton, ce sont les meilleures pizzas que Christine ait jamais mangées. Le vin est doux et puissant, le repas est simple et joyeux. Ils parlent de tout et de rien, Paola rouspète après Pedro qui fait tout pour l'énerver, et Christine participe à cette mise en scène, tantôt dans l'équipe de Paola, tantôt dans celle de Pedro.

Le repas terminé, Christine et Paola reprennent la préparation du repas du lendemain. Pedro les rejoint, à eux trois ils terminent en un rien de temps.

— *Va bene*, il est temps pour tout le monde d'aller dormir ! annonce Paola.

En rentrant dans sa chambre, son reflet dans le miroir surprend Christine et la fait légèrement sursauter. Pendant une fraction de seconde, elle ne s'est pas reconnue dans ce pantalon ample qui danse à chaque pas, et ce top à bretelles qui dévoile ses épaules qu'elle ne montre habituellement jamais. Quelque chose dans son visage aussi semble différent, peut-être les effets du vin, elle qui ne boit jamais d'alcool. Ou peut-être une expression nouvelle, pour la première fois depuis longtemps elle se sent bien, heureuse, entourée.

Elle chasse ces pensées, et soulève le top pour dévoiler la brioche logée sous son nombril. *Ne t'emballe pas, ma grande, tu es toujours la grosse Christine.* Elle enfile le pyjama en coton, ferme les volets et laisse la fenêtre ouverte pour profiter de l'odeur du citronnier et du chant des cigales, puis elle se glisse sous la couette. Une heure plus tard, après avoir testé toutes les positions possibles, Christine tourne encore sans réussir à trouver le sommeil.

La grosse Christine.

Ce surnom, elle n'y a plus pensé depuis des années. Et le voilà qui revient la hanter vingt ans plus tard, dans cette chambre aux parfums d'Italie, sans qu'elle parvienne à le chasser. Rien qu'à l'évocation de ce souvenir, elle sent un nœud se former dans sa gorge et son estomac se remplir de cailloux. Il lui suffit de fermer les yeux pour entendre à nouveau la voix de Pauline Vignaut, dix ans, prononcer ces mots qui allaient la poursuivre toute sa vie.

C'était un jour d'été qui sentait bon le soleil et l'insouciance. L'école était presque terminée, et comme chaque année Éleonore Vignaut, la directrice de l'école primaire, avait réuni tous les élèves et leurs parents dans son immense jardin pour fêter l'arrivée des grandes vacances. Les parents en avaient profité pour rencontrer les professeurs – une coupe de champagne à la main les insolences des uns et les punitions des autres semblaient bien moins graves qu'à l'accoutumée –, les enfants avaient chahuté dans la piscine olympique sous la surveillance d'un maître nageur embauché spécialement pour l'occasion, et Éleonore Vignaut s'était assurée en une journée du renouvellement de son mandat au conseil municipal sans que l'on vienne vérifier de trop près la gestion du budget.

Comme chaque année, tout avait été parfait. Comme chaque année, toute l'école avait été présente. Comme chaque année, Pauline Vignaut, la fille unique d'Éleonore Vignaut, avait choisi une victime parmi ses camarades de classe et s'était assurée de rester la reine de la journée en la torturant sous les rires des autres enfants.

Cette année-là, Pauline Vignaut s'en était prise à Christine.

C'était l'heure où les parents étaient moins attentifs, absorbés par leurs discussions. L'heure où les élèves commençaient à se réunir en petits groupes, les filles de CM1 d'un côté, les garçons de CM2 de l'autre. L'heure où Pauline Vignaut avait eu besoin de rappeler à tous qui était la reine de la maison, et Christine n'avait rien vu venir.

Émerveillée devant le buffet des desserts, Christine hésitait depuis plusieurs minutes entre les minuscules choux à la crème recouverts d'un glaçage coloré, et un fabuleux gâteau au chocolat saupoudré de paillettes.

— Ce que tu touches, tu le manges !

Lorsque Christine s'était retournée, Pauline Vignaut la fixait du regard, un poing sur la hanche et le corps beaucoup trop cambré pour son âge. Prudente, Christine avait tenté d'échapper aux griffes de Pauline en reposant son assiette en carton, vide, sur le bord de la table.

— Je n'ai plus faim finalement, avait-elle bafouillé.

Mais en relevant la tête elle avait su que son sort était scellé, Pauline Vignaut lui souriait.

En une seconde, les autres élèves s'étaient rapprochés, curieux. Christine, intimidée et un peu effrayée, n'avait plus osé bouger. Pauline avait attendu d'avoir suffisamment de public, puis elle avait repris :

— Ce que tu touches tu le manges, c'est la règle !

En même temps qu'elle avait répété cette phrase, Pauline s'était approchée de Christine et lui avait saisi la main, si fermement que Christine n'avait même pas eu l'idée de résister. Et sous les yeux ronds de ses camarades, Pauline avait forcé Christine à toucher chacun des gâteaux et saladiers remplis de bonbons qui se trouvaient sur le buffet. Interdite, le sang de Christine cognait fort contre ses tempes.

Au fond du lit, vingt ans plus tard, le cœur de Christine s'emballe à nouveau. Cette panique, elle s'en souvient comme si c'était hier.

Lorsque Pauline Vignaut lui avait ordonné de s'asseoir sur une petite chaise en plastique, là non plus Christine n'avait pas pensé à protester. Lorsque

Pauline Vignaut vous avait choisi, vous étiez perdu, ça aussi c'était la règle. Et personne n'aurait osé l'affronter, de peur de devenir sa nouvelle cible.

Christine assise, Pauline s'était tournée vers ses camarades et avait prononcé ces mots terribles :

— Qui veut nourrir la grosse Christine ?

Un à un, tous les élèves de l'école s'étaient servi une copieuse part de gâteau, avaient empilé les guimauves et les réglisses dans leurs assiettes, et s'étaient plantés devant Christine pour la forcer à avaler le menu qu'ils lui avaient concocté.

De loin, les adultes n'avaient vu que des enfants autour d'un buffet de desserts. Les larmes avaient ruisselé sur les joues de Christine, qui refoulait sa nausée.

Enfin, après d'interminables minutes, quand chacun s'était plié au jeu cruel de Pauline Vignaut et que le buffet avait été presque vide, la fillette s'était désintéressée de Christine aussi subitement qu'elle s'en était prise à elle. Et Christine était restée prostrée sur cette chaise le reste de l'après-midi, incapable de bouger tant son ventre la faisait souffrir.

Dans la soirée sa mère l'avait conduite aux urgences, le diagnostic du médecin avait été rapide :

— C'est une crise de foie, Madame Boulet !

Puis, il s'était adressé à Christine :

— Alors, tu as été trop gourmande aujourd'hui ?
— Christine ! avait immédiatement réagi sa mère, mais enfin tu ne sais pas te tenir ? Tu es obligée de te jeter sur les pâtisseries sans être raisonnable, il faut encore que je te surveille comme un bébé ?

Christine avait fondu en larmes, incapable de répondre quoi que ce soit.

Cet été-là Christine était restée enfermée dans sa chambre, à dévorer des livres et tout ce qui lui passait sous la main. Elle n'avait voulu voir personne, et personne n'avait semblé vouloir la voir non plus. À la rentrée, elle avait grossi d'une dizaine de kilos et Pauline Vignaut lui avait assené le coup de grâce, s'assurant que la cicatrice encore béante ne se refermerait jamais. Au milieu de la cour de récréation, elle l'avait toisée et lui avait lancé devant toute l'école : « Tiens, mais c'est la grosse Christine ! », créant l'hilarité générale.

Les vingt années qui avaient suivi, Christine Boulet, *la grosse Christine* comme on l'avait surnommée depuis lors, s'était concentrée à éviter tout contact humain pour ne plus jamais être confrontée à aucune Pauline Vignaut.

7.

L'habit ne fait pas le moine

L'esprit encore embrumé par le sommeil, Christine est réveillée par des cris diffus qui semblent venir de l'autre côté de la cloison. Bientôt, elle entend le bruit de l'eau qui coule, et la voix de Pedro qui maintenant chante à tue-tête :

— « *LASCIATEMI CANTAAAARE, CON LA CHITARRA IN MANO, LASCIATEMI CANTAAAARE, UNA CANZONE PIANO PIANO*... »

Au fond de son lit, Christine éclate de rire autant qu'elle maudit Pedro de l'avoir réveillée – cela faisait longtemps qu'elle n'avait pas aussi bien dormi. La lumière filtre par les volets, l'air qui entre par la fenêtre toujours ouverte est doux et semble annoncer une belle journée.

Elle attend patiemment que Pedro ait fini son concerto, lorsqu'elle l'entend enfin redescendre les escaliers elle sort de sa chambre pour s'arranger un peu avant d'aller prendre son petit déjeuner. Arrivée à l'entrée de la salle de bains elle plaque une main sur sa bouche, le sol est détrempé ! Plus qu'un concert, c'est une pool-party que Pedro a organisée ce matin à l'étage. Alors qu'elle constate les dégâts, Pedro remonte les marches quatre à quatre, une serpillière à la main.

— *Ciao* Cristina ! Tu as bien dormi ? Je ne t'ai pas réveillée au moins ?

Christine remet maladroitement son pyjama en place, et lui répond évasivement.

— *Ciao* Pedro, je pensais que tu étais reparti, désolée, je… j'ai bien dormi merci, que s'est-il passé dans la salle de bains ? demande-t-elle pour détourner l'attention.

Pedro regarde la salle de bains, puis Christine, puis de nouveau la salle de bains, et revient enfin à Christine sans comprendre.

— Passé ?

— Je veux dire, toute l'eau sur le sol…

— Oh, ça ! *Va bene*, ce n'est rien ! Tu vois, Cristina, la vie ce ne sont que des journées qui s'enchaînent les unes après les autres. Si tu fais de chaque jour une fête, ta vie est une fête. *Y per me*, une bonne journée commence par se sentir libre, de chanter et de danser sous la douche, alors je sais que tout ça met du désordre, mais il suffit de nettoyer ensuite !

Dans un clin d'œil, il termine sa phrase en désignant la serpillière qu'il tient toujours à la main.

En pleine réflexion sur ce qu'elle vient d'entendre, Christine oublie l'étape de la salle de bains et descend directement dans la cuisine. Elle ouvre quelques placards et regarde autour d'elle pour trouver la machine à café et les dosettes colorées, lorsqu'elle avise une vieille cafetière en inox. *Une cafetière italienne, forcément.* Christine remplit le réservoir d'eau, verse le café moulu dans le petit bol, et referme la Bialetti qu'elle pose sur le feu.

Sur la table, une grosse brioche est déjà entamée. Christine s'en coupe une part, et découvre les raisins secs et les fruits confits à l'intérieur. Elle croque dedans avec gourmandise, elle a un goût d'agrumes. Avant même que le café ne soit prêt, Christine en a déjà mangé deux parts.

— Pas mal, ce panettone, hein ?

Pedro a passé la tête dans l'embrasure de la porte, Christine lève un pouce en l'air.

— *Buon appetito !* Nous partons dans une heure pour ton rendez-vous chez Livia, *va bene* ?

À peine Pedro a-t-il prononcé le prénom de Livia que ses joues se sont empourprées. Christine sourit, elle le questionnera dans la voiture.

— *Va bene !* lui répond-elle simplement.

Le café est prêt, elle s'en sert une grande tasse qu'elle sort déguster dans le jardin. Ce matin, Christine a le cœur léger.

* * *

Une heure plus tard, Christine et Pedro sont en route. Christine porte le jean et l'un des tee-shirts que Paola a déposés sur son lit. Le plus large et le plus long possible, même s'il lui arrive à peine au milieu des fesses et ne parvient pas à cacher ses hanches. Pendant une seconde, elle a bien envisagé l'une des deux robes colorées, mais elle s'est aussitôt ravisée. *Ne sois pas bête.* Elle se sent déjà assez ridicule dans ce jean – elle n'en porte jamais, elle espère que tous les habitants seront à Tenuta pour préparer le mariage, et qu'elle ne croisera personne dans le village.

Christine reporte son attention sur Pedro, et pose enfin la question qui lui brûle les lèvres :

— Est-ce qu'elle sait que tu l'aimes ?

— *Di cosa stai parlando, Cristina ?*

— Je n'ai rien compris, mais si cela te perturbe tant que tu en oublies de me répondre en français, c'est que j'ai tapé dans le mille ! lui répond Christine en riant.

— *Mi scusi*, je voulais dire de quoi tu parles, Cristina ? Je n'aime personne, enfin… pas comme… pas comme tu le dis, *basta*, pourquoi tu me demandes ça ! et il se met à rire avec Christine.

Finalement, il reprend :

— Non, non, elle ne le sait pas. Enfin… je ne lui ai jamais dit en tout cas. Elle est si belle, et si douce, je crois que je l'aime depuis l'école primaire. Mais je ne suis pas son genre, ses *fidanzato* étaient tous bien plus beaux et bien plus musclés que moi. Et ils lui ont tous brisé le cœur.

— Tu devrais le lui dire, affirme Christine.

— Lui dire ? Jamais ! Aujourd'hui je peux au moins être son ami. Cristina… Livia est trop bien pour moi, je le sais.

Christine ne répond rien. Elle n'est pas d'accord avec Pedro, l'amour n'est pas une question de curriculum vitae, mais elle comprend ce qu'il ressent et elle sait que rien de ce qu'elle dira ne pourra le convaincre du contraire.

Pedro s'arrête sur la place du village. Il indique à Christine comment rejoindre l'atelier de Livia qui se trouve une rue plus haut, et repart en klaxonnant joyeusement. Comme pour lui répondre, le clocher se met à sonner les dix coups.

Le soleil tape déjà sur les pavés, tout est calme, on devine la vie derrière les volets. Une bouilloire qui siffle, une conversation étouffée, une radio allumée. Christine inspire profondément et ferme les yeux un instant, comme pour ancrer ce moment et ce qu'elle ressent dans sa mémoire.

Une minute plus tard, elle se trouve devant l'atelier de Livia. La porte est ouverte, elle frappe doucement en même temps qu'elle entre. Serena est déjà là, belle à tomber.

— Cristina ! Je suis heureuse que tu sois là. Tu as bien dormi ? lui demande-t-elle en la prenant dans ses bras.

— Oui, merci, lui répond timidement Christine, surprise d'autant d'effusions alors qu'elles se connaissent à peine.

Les trois jeunes femmes échangent quelques banalités autour de leur *ristretto*, puis Livia et Serena disparaissent derrière le rideau de la cabine d'essayage. Christine en profite pour faire le tour de la boutique. Serena avait raison, c'est une vraie île aux trésors. À l'étage, en mezzanine ouverte sur la boutique, se trouve l'atelier où Livia imagine et conçoit ses modèles, au rez-de-chaussée les robes sont exposées au milieu d'accessoires aussi fantastiques que géniaux. Toutes les créations sont de Livia, Christine découvre à quel point elle est douée, et comprend que Pedro soit impressionné.

Ses robes sont fluides, colorées, asymétriques. Les tombés sont impeccables, les coupes dévoilent tantôt une cuisse échancrée, tantôt un dos dénudé. Les couleurs sont parfois vives, parfois poudrées, toujours joyeuses. Exposés en hauteur ou posés sur un bout de portant de façon faussement nonchalante, Livia crée aussi des chapeaux extraordinaires. Certains pourraient aller à la reine d'Angleterre, tandis que d'autres ramènent aux Années folles, fabuleux bandeaux ornés de perles ou de plumes. Christine est fascinée.

Soudain, le rideau s'ouvre et Serena sort de la cabine, suivie de près par Livia qui soulève le bas de la robe et surveille le moindre faux pli.

La bouche ouverte, Christine ne sait ni où regarder ni quoi dire, tant l'image qu'elle a sous les yeux lui paraît irréelle. Serena est féerique. Deux bretelles fines embrassent ses épaules parfaites, puis la robe, fluide, légère, tombe sur ses hanches et se poursuit jusqu'à effleurer le sol. Le dos est ouvert, une dentelle délicate borde le tissu. Signature de Livia, la longueur est asymétrique. À l'avant le tissu flotte comme par magie au-dessus des genoux de Serena, et sans que l'on s'en aperçoive se rallonge au fur et à mesure de la robe pour finir au ras du sol derrière ses talons.

Perchée sur des escarpins d'au moins quinze centimètres, Serena a des airs de Vénus. Livia s'affaire autour de la robe, concentrée à traquer la moindre imperfection. Elle attache une épingle par-ci par-là, tout doit être parfait. Du point de vue de Christine, ça l'est déjà.

* * *

Livia a terminé de poser les épingles, elle tourne autour de Serena une dernière fois puis s'empresse de monter à l'étage pour effectuer les retouches. Du haut de la mezzanine, elle leur lance :

— Ne partez pas, Serena, je veux te faire réessayer la robe avec les retouches. Cristina, en attendant, essaye ce qui te plaît, il te faut une robe pour samedi et j'ai besoin de présenter les créations. Tu seras un modèle magnifique !

Christine s'étouffe en entendant Livia. Sa première pensée est sans appel : *Jamais !* Serena, quant à elle, trouve l'idée fantastique, et se jette déjà sur les portants.

— Merci, Livia, tes créations sont magnifiques mais je ne crois pas… enfin… je ne porte jamais de… je n'ai pas le corps pour…

Christine ne sait pas comment continuer, elle n'a qu'une envie : partir en courant. Jamais elle ne pourra porter aucune des robes qui se trouvent dans cette boutique, ses jambes ressemblent à des poteaux il est hors de question qu'elle les expose, les tissus, beaucoup trop fluides et ajustés, ne pourront pas cacher son corps difforme, et ces couleurs, comment passer inaperçue dans une robe pareille ? Jusqu'ici elle regardait les créations de Livia comme des bijoux, des pièces uniques et magnifiques conçues pour être sublimées par un corps mince comme celui de Serena, pas pour être gâchées par un mammouth comme elle.

Soudain, la boutique lui semble trop petite. La voix de Serena, qui lui désigne robe après robe, trop aiguë. Le bruit de la machine à coudre, à l'étage, insupportable. Christine a besoin d'air, elle sort précipitamment de la boutique et se met à courir dans les rues de Soldano.

Arrivée sur la place du village, elle s'arrête et se met à pleurer. *Mais qu'est-ce qu'elle fait là ? Pourquoi se ridiculise-t-elle comme ça ?* Elle voudrait être chez elle, se perdre dans un livre et oublier la vie autour. Oublier son corps qu'elle déteste. Oublier sa vie qui est triste à mourir. Oublier qu'elle n'a pas d'amis.

Oublier qu'à part Jonathan Dubois, au lycée, elle n'a connu aucun homme. Oublier qu'elle n'a aucun talent, aucune ambition, aucune originalité, rien qui ferait d'elle une personne d'exception, ou même d'intérêt.

Pendant de longues minutes, elle reste debout, figée au milieu de la place. Puis peu à peu, la sérénité qui se dégage de l'endroit l'aide à retrouver son calme. Le son de la fontaine finit par lui parvenir. Christine lève la tête, au milieu de la place trois cascades débordent les unes dans les autres, jusqu'à s'épancher dans un dernier bassin au fond duquel brillent quelques pièces de monnaie. À part le clapotis de l'eau, il n'y a aucun mouvement.

Christine a retrouvé son calme et se trouve maintenant honteuse d'être partie de cette façon de la boutique de Livia, elle n'osera jamais y retourner. Ses pensées se perdent dans le mouvement de l'eau, quand une main se pose doucement sur son épaule.

— Cristina…

Livia s'assoit près d'elle, sur le bord de la fontaine.

— Livia, je suis désolée, j'ai honte de…

Livia la coupe en levant une main en signe de silence, et en posant l'autre sur son bras pour lui signifier qu'elle n'a pas à se justifier.

— Cristina, ne dis rien, je comprends mieux que tu ne le penses ce que tu ressens.

Livia navigue quelques secondes sur son téléphone portable, et le tend à Christine.

— Regarde, c'est moi durant toute mon adolescence.

Sur l'écran, Christine reconnaît Serena et ses yeux azur, Bianca et sa chevelure flamboyante, Clara et son air espiègle. À droite de la photo, la dernière jeune fille lui dit vaguement quelque chose, mais elle ne la reconnaît pas vraiment. Christine lève les yeux vers Livia, d'un air interrogateur :

— C'est toi, à droite ?

Livia acquiesce de la tête.

Une adolescente aux joues et au corps rebondis se cache derrière ses mains. Vêtue de couleurs sombres, un tee-shirt difforme lui tombe au-dessus du genou, ses cheveux sont négligemment noués sur sa nuque.

— On dirait…

— … toi, termine Livia.

— Mais comment… ? Je veux dire, Livia, regarde-toi aujourd'hui.

Christine désigne la jeune femme de haut en bas, magnifique dans sa robe couleur pêche qui fait ressortir son teint hâlé, et dont les cheveux châtains ondulent sur ses épaules.

— Justement, Cristina, c'est ça que je veux te montrer. À l'adolescence, je détestais *mio corpo*, je ne savais jamais comment m'habiller je voulais juste me cacher. Et puis un jour, ma grand-mère m'a appris à me servir d'une machine à coudre, et j'ai découvert que ce n'était pas à mon corps de s'adapter aux vêtements, mais à mes vêtements de s'adapter à mon corps.

Christine ne répond rien, sceptique. Livia reprend :

— Ce n'est que du tissu, Cristina, ce n'est qu'une façon de montrer au monde ce que tu as à l'intérieur de toi ! Tant que tu te caches, tu ne peux même pas savoir qui tu es parce que tu ne te laisses pas de place.

Livia lui prend les mains et force Christine à se lever :

— Montre-nous qui tu es, Cristina !

Elle la traîne ensuite jusqu'à sa boutique, où Serena les accueille avec son enthousiasme habituel.

Avec la fermeté d'un général de camp militaire, Livia installe Christine au milieu de la boutique.

— Ne bouge pas, Cristina, lui ordonne-t-elle tandis qu'elle ferme la porte de la boutique, et tire le rideau pour indiquer qu'elle n'est pas ouverte au public.

Livia et Serena échangent un regard entendu, Christine patiente debout au milieu de la pièce.

— *Va bene*, à nous trois, Cristina !

Et pendant que Livia s'affaire autour d'elle avec son mètre ruban, Serena présente à Christine des modèles de toutes formes et de toutes couleurs.

— Laisse-toi guider uniquement par ce que tu aimes, Cristina, ne te projette pas dans ces robes ! Amuse-toi, et dis-moi simplement celles que tu aimes et celles que tu n'aimes pas.

Au fur et à mesure de la sélection, Christine se détend et commence à apprécier l'exercice. Juste ce qu'elle aime et ce qu'elle n'aime pas… Elle découvre que les couleurs vives ne sont pas sa tasse de thé, qu'elle préfère les bretelles à un bustier, ou encore que les modèles les plus simples sont ceux qui lui plaisent le plus.

Près de trente minutes plus tard, Livia a terminé de reporter au crayon les mesures de Christine sur son patron, et Serena a rempli une penderie des robes sélectionnées par Christine.

Satisfaites, Livia et Serena échangent un sourire et se tournent vers Christine. Serena joint les mains sous son menton :

— Cristina, tu vas être *sensazionale* !

— *Andiamo*, allons manger, je suis affamée, s'exclame Livia.

* * *

Quinze minutes plus tard, la Coccinelle de Serena s'engage sur le chemin qui mène au domaine de Tenuta.

8.

« J'ai mis de l'ordre à mes cheveux.
Un peu plus de noir sur mes yeux »

Paola se charge de remplir les assiettes qui défilent devant elle, le repas est joyeux, l'ambiance est à la fête. Ugo n'a d'yeux que pour Serena qui minaude devant son futur mari, Pedro assure l'animation autour de lui, ses voisins de table n'arrivent plus à manger tant il les fait rire. Livia, Carla et Bianca sont installées un peu plus loin, et font signe à Christine de les rejoindre.

À peine assise, elles se jettent sur Christine et chuchotent toutes en même temps. Christine ne comprend rien, elle éclate de rire et se fait immédiatement rabrouer d'un « chuuuuut » collectif.

Clara fait signe à Bianca et Livia de se taire, et reprend seule :

— Cristina, ce soir nous organisons *una sorpresa* pour Serena, nous allons sortir toutes les cinq à Bordighera pour fêter la fin de sa vie de jeune fille.

— Toutes les cinq ?

— Eh bien, oui, poursuit Bianca, surprise par la question, Serena, Livia, Carla, toi et moi.

— Il ne nous reste que ce soir, précise Carla, demain soir elle et Ugo font les dernières dégustations du gâteau, et vendredi soir elle passe la soirée avec les femmes de sa *famiglia* avant d'aller se coucher tôt pour être en forme *per il matrimonio*.

— Je passe te chercher à 19 h 30, termine Livia.

— *Va bene !*

En entendant Christine répondre en italien, les filles éclatent de rire et attirent l'attention de Pedro, à l'autre bout de la table. Les deux groupes échangent quelques taquineries, qui amusent la tablée entière et animent la fin du repas.

En trois mots Paola réquisitionne ensuite Pedro et Ugo pour servir les cafés, Serena rejoint ses amies.

— Bianca, j'espère que tu n'as pas trop mangé, nous avons du travail cet après-midi il ne faut pas que tu t'endormes !

Quelques minutes plus tard, Giacomo annonce d'une claque dans ses mains que la pause est terminée, il reprend la direction des opérations tandis que Paola commence à débarrasser les tables. Bianca, Serena et Christine se dirigent vers la Coccinelle pour rejoindre le salon de beauté.

* * *

Installée dans un fauteuil massant, la tête maintenue par le bac à cheveux, Christine somnole. Elle écoute distraitement la conversation de Bianca et Serena, qui effectuent les derniers essais de coiffure pour le grand jour. Avant de s'occuper de la future mariée, Bianca a appliqué sur les cheveux de Christine un masque à l'huile de coco qui sent divinement bon. Transportée par le parfum insulaire qui se dégage de sa tête et par la mélodie de la conversation de Bianca et Serena, Christine finit par sombrer dans un demi-sommeil.

La voilà qui se rêve en vahiné, marchant sur une plage de sable blanc, agréablement rafraîchie par une brise légère qui fait danser les feuilles des palmiers. Uniquement vêtue d'un paréo noué par-dessus son maillot de bain, son corps n'est plus une préoccupation. La plage est calme, le sable chaud roule sous ses pieds, l'eau fraîche vient recouvrir ses chevilles au rythme des vagues, le soleil réchauffe son visage. Elle ressent si intensément son environnement qu'elle en est presque émue, elle s'arrête un instant, inspire profondément, elle veut se souvenir de cette sensation. Elle reçoit, elle devient, et ne se préoccupe plus un seul instant de ce qu'elle paraît. Qui est-elle à cet instant ? Ni une juriste, ni une taille 44, ni une trentenaire solitaire et mal dans sa peau. Elle est le bien-être, le calme, la plénitude.

Soudain, elle reçoit une goutte sur le visage. Elle lève les yeux, le ciel est pourtant toujours éblouissant, pas un nuage ne se profile à l'horizon. Les gouttes se multiplient, et ruissellent bientôt dans son cou, sa nuque, ses oreilles. Une voix venue d'en haut tonne dans ses oreilles :

— Ça va, la *temperatura*, Cristina ? Ce n'est pas trop chaud ?

Christine se réveille en sursaut, Bianca est penchée au-dessus d'elle, son visage est à l'envers. Christine s'étire discrètement, étouffe un bâillement et lui confirme que l'eau est parfaitement tiède.

Bianca masse son cuir chevelu, et explique à Christine l'importance de prendre soin de ses cheveux.
— Tu comprends, Cristina, prendre soin de tes cheveux, de ta peau, mettre du rouge à lèvres, ce n'est pas juste pour les autres, c'est surtout *per te*. Tes cheveux sont *magnifico*, ne les enferme pas dans cet élastique ! Laisse-les vivre et s'épanouir, coupe-les puis laisse-les pousser, boucle-les, colore-les, amuse-toi, Cristina !

Tout en parlant, Bianca a installé Christine sur une chaise pivotante, face au miroir. Sans lui demander son avis, elle s'est munie d'une paire de ciseaux, a enroulé une mèche de cheveux autour de son doigt jusqu'à la clavicule de Christine, et avant de porter le coup fatal jette un regard de défi dans le miroir :

— *Sei pronto*, Cristina ?

Christine, encore grisée par le sentiment de plénitude de son rêve et ravivée par le discours de Bianca, lui donne son accord d'un signe de tête.

Bianca ne lui laisse pas davantage le temps de changer d'avis, elle referme le ciseau d'un coup sec et une mèche de cheveux tombe sur les mains de Christine. Serena qui jusqu'ici était pendue à leurs lèvres, pousse un cri de joie et enlace Christine :

— *Andiamo*, Bianca, dévoile-nous la nouvelle Cristina !

Christine éclate de rire.

Pendant que Bianca termine la coupe, concentrée, Christine l'observe dans le miroir. Le physique de Bianca contraste tellement avec ce qu'elle dégage. Son corps est frêle, fragile, ses doigts sont fins, ses coudes sont saillants, ses bras minces comme des baguettes. Pourtant, il ressort d'elle un sentiment de puissance, cette force intérieure que rien ne semble pouvoir ébranler. Quelque chose dans son regard, une certitude douce mais ancrée : rien ne lui résiste.

Les cheveux de Bianca sont impeccables, ses boucles parfaites viennent encadrer son visage. *Je ne me souvenais pas que ses cheveux étaient si longs hier*, se dit Christine. Son maquillage est maîtrisé, maintenant que Christine la regarde de plus près, elle se rend compte que ses sourcils sont délicatement brossés au crayon, et ses cils recourbés de façon impressionnante. Ses pommettes sont rehaussées d'un rose délicat, et sa bouche soulignée d'un trait de crayon discret.

— J'aimerais tellement savoir me maquiller comme toi, pense Christine à voix haute.

— Tu ne vas pas y échapper, Cristina, je vais te montrer quelques astuces quand nous en aurons terminé avec ta tignasse, lui répond Bianca dans un clin d'œil.

— Où as-tu appris tout ça ?

— Eh bien, la vie m'a donné un petit coup de pouce quand j'étais adolescente… Au lycée, j'étais très populaire, mais l'année de mon baccalauréat je suis tombée malade. Un cancer. J'étais jeune, mes parents ont décidé de faire tout ce qu'il fallait, je pouvais le supporter. En quelques semaines de chimiothérapie, j'ai perdu quinze kilos, tous mes cheveux, mes sourcils et mes cils. On m'empoisonnait avec cette cochonnerie, pour en combattre une pire encore. Il m'a fallu deux ans pour en venir à bout, mais nous avons gagné, mes parents et moi. Quand je suis retournée au lycée, je ne connaissais plus personne et j'étais devenue « la fille bizarre ». Trop maigre, sans cheveux, la peau presque transparente. Après une semaine, je n'ai plus voulu y retourner. Le combat contre le cancer m'avait épuisée, je n'avais plus la force d'en supporter davantage. Alors je suis restée dans ma chambre pendant des mois, à l'abri des regards et des moqueries, jusqu'à ce que ma mère invite Serena, Carla et Livia à la maison pour fêter mon anniversaire. C'était le jour de mes vingt ans. Ce jour-là, nous avons passé la journée dans ma chambre à nous maquiller, à nous mettre du vernis à ongles et à mimer des défilés de mode enroulées dans des serviettes de plage. Livia m'a offert mon premier chapeau. Et quand je me suis regardée dans le miroir, maquillée, mon crâne chauve caché sous la magnifique création de Livia, j'ai compris que tout n'était pas terminé. À la rentrée suivante, j'ai suivi des cours d'esthétique et de coiffure, et mon diplôme en poche j'ai ouvert mon salon. Prendre soin de l'extérieur fait parfois du bien à l'intérieur, termine Bianca dans un sourire magnifique.

Christine ne sait pas quoi répondre, Bianca lui a raconté son histoire avec tellement de simplicité qu'elle comprend que cet événement a transformé sa vie, mais ne l'a pas définie. Elle s'est servie de cette épreuve pour en faire une force, et en est ressortie grandie. Christine est impressionnée. Pourtant, à sa grande surprise c'est une question idiote qu'elle s'entend poser :

— Et tes cheveux, comment… je veux dire… ils sont si beaux aujourd'hui…

Le sourire de Bianca s'agrandit encore davantage, elle répond sur le ton de la confidence :
— Pour ça j'ai une astuce, chaque jour je suis une femme différente !
— Comment ça… ?
— Je te montre, ce sera plus simple.

Joignant le geste à la parole, Bianca tire délicatement sur les racines de ses cheveux, et retire une perruque au rendu plus vrai que nature. Christine n'en revient pas, elle reste bouche bée. Un duvet fin recouvre la tête de Bianca.

— Tu es aussi belle avec que sans…
— *Grazie*, Cristina, parfois je me contente d'un foulard, je peux être qui je veux en changeant de cheveux

chaque jour ! Un peu comme toi aujourd'hui..., ajoute-t-elle en tournant le fauteuil face au miroir pour que Christine se découvre.

* * *

Christine se dévisage depuis de longues secondes maintenant, sans parvenir à formuler le moindre commentaire. La bouche entrouverte, elle ose à peine toucher ses cheveux de peur de tout gâcher. Pendant un instant elle ne s'est pas reconnue, mais elle commence à apprivoiser ce nouveau visage. D'une coupe sans forme et sans âge, Bianca a créé un carré long qui entoure le visage de Christine et la fait paraître plus jeune, plus dynamique, plus mince aussi. C'est comme si elle-même découvrait son visage.

Devant l'absence de réaction de Christine, Serena et Bianca échangent un regard inquiet.

— *Va bene*, Cristina ? demande Bianca.

Christine ne répond pas immédiatement, puis finit par murmurer : « Merci », avant de fondre en larmes.
— Oooooh, s'écrient en chœur Serena et Bianca.
— Arrête tout de suite de pleurer, Cristina, ce n'est pas fini et j'ai besoin de tes yeux, reprend doucement Bianca en prenant le menton de Christine entre ses mains, accroupie face à elle.
— Je... je suis désolée, je suis ridicule... merci, Bianca, merci mille fois, lui répond Christine en inspirant profondément pour reprendre son calme.

— Et maintenant, ma partie préférée ! s'exclame Serena avec enthousiasme.

Bianca rapproche du miroir un présentoir à roulettes, sur lequel sont exposés plus de produits de maquillage que Christine n'en a jamais vu.

Bianca commence par expliquer quelques rudiments à Christine, elle lui explique comment travailler son teint, comment relever la couleur de ses yeux d'un trait de crayon, puis poursuit :

— Tu vois, Cristina, le maquillage te donne le pouvoir d'être qui tu veux être, le temps d'une journée ou d'une soirée. Tu veux être délicate ? Un rouge à lèvres rose pâle te donne l'air d'une jeune fille innocente. Tu veux être étourdissante ? Un rouge carmin te donne un air de femme fatale. Originale ? Un rouge corail te donne du pep's ! Ce ne sont que des couleurs, Cristina, amuse-toi, ça ne change rien à ce que tu es à l'intérieur.

Pour prouver son propos, Bianca essaye tour à tour différentes teintes de rouge à lèvres sur la bouche de Christine, qui commence à se prendre au jeu et mime chacun des personnages que Bianca lui décrit. Bientôt, Serena les rejoint et essaye à son tour les tubes exposés sur le présentoir. Les trois jeunes femmes se lancent bientôt dans un défilé imaginaire de personnages hauts en couleur.

Le visage rougi d'avoir été maquillé, démaquillé puis remaquillé et redémaquillé si rapidement, elles s'affalent bientôt dans le canapé qui fait habituellement office de salle d'attente pour les clientes. Elles rient tellement que le mascara de Christine coule sous ses yeux, mais pour la première fois depuis bien longtemps elle ne se soucie pas de ce que l'on peut penser d'elle, elle ne s'était pas autant amusée depuis… toujours.

Au loin le clocher sonne cinq coups, il est déjà 17 heures.

— Je vais retourner à Tenuta pour voir comment les préparatifs ont avancé, Cristina, je te dépose chez Paola ?

— Oui, merci, Serena.

— Je vais ranger un peu et me reposer, on se voit plus tard, anticipe Bianca.

Avant de passer la porte, Bianca tend une petite trousse à Christine et lui glisse à l'oreille : « Fais-toi belle pour ce soir. »

* * *

À 19 h 30 tapantes, Christine descend les escaliers et rejoint Paola et Pedro dans la cuisine. Lorsqu'elle passe la porte, leur conversation s'interrompt instantanément. Paola sourit et joint les mains devant elle, Pedro émet un sifflement évocateur.

— Cristina, *la bella ragazza* ! Mais où vas-tu comme ça ?

Christine rougit.

— Je sors avec les filles à Bordighera, c'est une surprise pour Serena.

Au même moment, un klaxon retentit dans la cour.

— C'est Livia ! s'exclame Christine.

Cette fois, c'est Pedro qui vire à l'écarlate.

— Tu es très belle, amuse-toi, ma fille, lui lance Paola alors que la porte se referme déjà sur les volants de la robe de Christine et ses Converse roses.

Dans la voiture, Serena a les yeux bandés et frétille d'impatience.

— Je pensais que vous aviez oublié ! répète-t-elle, le sourire jusqu'aux oreilles.

Il est 20 heures lorsque la troupe entre dans un premier bar, et commande une tournée de Spritz. Christine s'échappe une minute pour aller aux toilettes, lorsqu'elle revient elle regarde, de loin, celles qui jusqu'à hier étaient encore des inconnues.

Livia dans sa robe décolletée aux mille couleurs, Bianca et ses cheveux bruns au carré qui font ressortir son rouge à lèvres carmin, Serena perchée comme à son habitude sur ses hauts talons, et Carla, bienveillante, qui porte une couronne de fleurs en serre-tête.

Il y a encore quelques jours, Christine serait restée enfermée dans ses préjugés et les aurait sûrement taxées de superficielles, légères ou encore tape-à-l'œil. Aujourd'hui, elle se rend compte à quel point elles sont libres, détachées du regard des autres et heureuses. Est-ce que les regards extérieurs changent qui elles sont ? Non. Est-ce que les avis des uns et des autres leur imposent des limites ? Non. Elles sont chacune qui elles sont, et elles sont magnifiques.

Christine les rejoint, elles trinquent enfin au bonheur de Serena.

Les cocktails se suivent, les bars s'enchaînent et bientôt la soirée devient brumeuse pour Christine, qui n'a pas l'habitude de boire de l'alcool. Serena a quitté ses talons hauts et danse pieds nus, libre, Christine se déhanche dans ses Converse, la couronne de fleurs de Carla penche dangereusement sur sa tête, Bianca rit aux éclats. Lorsque les premières notes de la chanson d'Eros Ramazzotti retentissent, les quatre amies s'époumonent en même temps :

— « *TI AMO, IN SOGNO, TI AMO, IN ARIA, TI AAAAAAMO.* »

La soirée a filé sans qu'aucune d'elles ne s'en aperçoive, le ciel commence déjà à s'éclaircir. Bianca, qui s'est arrêtée au premier cocktail, se charge de déposer chacune chez elle au petit matin. Arrivée devant chez Paola, Christine descend maladroitement de la voiture, et au moment de refermer la portière ne peut retenir ce qui lui brûle la langue :

— Au fait Livia, tu sais que Pedro est fou amoureux de toi quand même ? Il faut que tu danses avec lui samedi, il est très drôle, tu sais.

Christine titube jusqu'à sa chambre, et sans même se déshabiller elle s'écroule sur le lit et s'endort instantanément.

Dehors, elle n'entend pas l'orage qui gronde, et les premières gouttes de pluie qui s'écrasent contre la fenêtre.

9.

Après la fête, la défaite

Sous la couette, Christine bouge le moins possible. Son sang pulse dans ses tempes et menace de faire exploser son crâne, tandis que le naufrage menace son estomac à chaque mouvement. Pour oublier le combat qui se joue dans son corps, Christine se concentre sur les bruits autour d'elle.

Elle entend l'eau de la douche qui coule depuis de longues minutes, à un rythme étrangement régulier, et surtout sans qu'aucun son sorte de la bouche de Pedro. *Pas de concerto ce matin ?* Après de longues minutes, elle se hasarde à ouvrir un œil. Loin d'être éblouie par la lumière du jour dont elle pensait que la chambre serait baignée, l'atmosphère est sombre et feutrée. *Quelle heure est-il ?* Christine jette un œil à sa montre. Elle croit d'abord se tromper, ouvre un peu plus grands les yeux, puis donne quelques coups sur le cadran pour vérifier que les aiguilles sont bien accrochées. La trotteuse continue sa course tranquille, il est donc bien midi passé.

Désormais totalement réveillée, elle réalise que le bruit régulier d'eau qui coule ne provient pas de la baignoire, de l'autre côté de la cloison, mais de l'extérieur. *De l'extérieur !* Christine se lève d'un bond, se retient au mur quelques secondes le temps de faire disparaître les étoiles qui dansent devant ses yeux, et se rue sur la fenêtre. *Oh non, non, non, pas ça, pitié, pas ça !* Mais elle sait que ses prières sont inutiles. Elle ouvre les volets, et se décompose devant les énormes gouttes de pluie qui tombent du ciel sans discontinuer. Le jardin est détrempé, et la couleur du ciel n'annonce aucune accalmie pour le reste de la journée.

Christine troque sa robe contre un jean et un tee-shirt qu'elle enfile en vitesse, fait un détour par la salle de bains pour enlever le maquillage de la veille qui coule sous ses yeux et se brosser les dents – elle sent tellement l'alcool que Paola risquerait la gueule de bois rien qu'en lui adressant la parole – et dévale les escaliers.

Debout face à la fenêtre de la cuisine, une main sur la hanche l'autre plaquée sur la bouche, Paola regarde la pluie tomber. Elle secoue la tête de gauche à droite à intervalles réguliers. Lorsque Christine s'installe à la table en bois, Paola s'assoit avec elle, le regard perdu dans le vide.

— C'est un *disastro*, Cristina, un *disastro*…

La gorge nouée, Christine n'ose pas poser la question qui lui brûle les lèvres. Paola poursuit :

— Le sol du domaine... ce n'est que de la boue maintenant... et tous les..., la voix de Paola se brise, elle fait une pause le temps de se reprendre. Tous les préparatifs, Cristina, tout était dehors, tout est perdu, c'est un *disastro*...

Christine se lance enfin :

— Est-ce que le mariage peut être repoussé d'une semaine ?

Paola sourit tristement.

— Malheureusement non, c'est *impossibile*... Giacomo doit travailler ses vignes, dès lundi il doit reprendre l'activité du domaine. Toutes les cuves, les fûts, les bouteilles, tout le matériel, tout doit être remis à sa place pour la semaine prochaine... Si Giacomo perd Tenuta, ce sera pire encore...

Christine ne sait pas quoi dire, un nœud s'est formé au creux de son ventre. Elle se sert un café qui lui rappelle ses écarts de la veille, se coupe une tranche de panettone pour se donner quelques forces, et remonte les escaliers, abattue.

Elle se fait couler un bain brûlant dans lequel elle se plonge sans plaisir. La mousse envahit la baignoire, Christine reste là, prostrée. Elle n'ose même pas penser à ce que doit ressentir Serena. Tout était pourtant si parfait…

Perdue dans ses pensées, Christine n'entend pas le parquet de l'escalier grincer sous des pas pourtant prudents. Après plus d'une heure passée dans la baignoire, elle finit par sortir de l'eau devenue froide. Ses mains sont fripées, elle se sent vieille de l'intérieur. Elle s'enroule dans son peignoir et sort de la pièce.

Dans sa chambre, tout est toujours sombre. La pluie, triste, continue de tomber sans discontinuer. Christine se cache à nouveau sous la couette, elle ne remarque pas l'enveloppe satinée qui l'attend sur la table de nuit, et sombre rapidement dans une sieste agitée.

* * *

À son réveil, la pluie semble avoir cessé. Christine se sent mieux, les effets de la soirée de la veille sont dissipés, mais sa gorge se serre à nouveau en pensant à Serena. Elle s'assoit sur le bord de lit et jette un regard par la fenêtre, de nuages épais surplombent la maison mais le ciel a cessé de pleurer sur Soldano. Christine se laisse retomber lourdement sur le lit, les yeux rivés au plafond.

Soudain, elle distingue la voix de Pedro au rez-de-chaussée et se redresse rapidement. Il doit en savoir plus ! Alors qu'elle sort du lit, elle remarque enfin l'enveloppe qui attend d'être ouverte. *Quand est-elle arrivée là ?* Elle l'ouvre prudemment :

Chère Christine,

Nous sommes très fiers de vous, vous avez su tirer le meilleur parti de la journée d'hier. La rencontre qui va changer votre vie a eu lieu, l'avez-vous seulement remarquée… ?

Pour les jours à venir, faites-vous confiance. N'avez-vous pas appris hier que chaque crise peut vous révéler à vous-même ? Vous avez plus de talents que vous ne le pensez, croyez en vous autant que nous le faisons et vous réaliserez des miracles.

À bientôt

La rencontre a eu lieu ? Mais quand ?! Christine se repasse le fil de la journée de la veille, il y avait tellement de monde au déjeuner à Tenuta… Peut-être est-ce un ami de Pedro ? Elle se souvient avoir échangé avec leur groupe d'un bout à l'autre de la table. Ou elle l'a peut-être rencontré hier soir ? Elles sont passées par tellement de bars, et les souvenirs de Christine sont si flous qu'elle ne sait même pas si elle saurait se souvenir d'un homme rencontré dans l'un d'eux…

« *Vous avez plus de talents que vous ne le pensez, croyez en vous autant que nous le faisons et vous réaliserez des miracles.* » Christine lit et relit cette phrase énigmatique, qui ne lui évoque rien. Elle décide de ranger le mot de *Pipelette* dans l'enveloppe, pour le moment sa priorité est d'en savoir plus sur le mariage de Serena et Ugo.

* * *

Pedro et Paola sont installés dans la cuisine, Pedro est trempé des pieds à la tête, son visage est fatigué, ses traits sont tirés. Il sourit tristement lorsque Christine les rejoint.

— Cristina, comment vas-tu ?

— Bien, mais ce n'est pas ce qui est important aujourd'hui. Tu es allé à Tenuta ?

— Nous y avons passé la journée, depuis ce matin tout le village est venu nous aider à sauver ce qui pouvait l'être, mais le domaine sera impraticable pour samedi. Toute la décoration, les fleurs que vous aviez préparées, tout est perdu…

— Comment va Serena ?

— Ugo dit qu'elle ne peut s'arrêter de pleurer depuis son réveil, ce mariage c'est… c'était le grand rêve de sa vie. Ils ont tous les deux grandi à Tenuta, elle ne peut pas imaginer se marier ailleurs. Nous avons appelé tous les domaines de la région, ils subissent tous la même chose. Ugo parle d'annuler le mariage.

— Oh non…

Christine a envie de pleurer. Mais enfin, ce n'est pas possible !

Ils restent attablés tous les trois pendant encore de longues minutes, sans parler, chacun perdu dans ses pensées. Paola sert le repas, ils avalent chacun leur assiette en silence, la journée est terminée, chacun regagne sa chambre.

* * *

Christine ne parvient pas à trouver le sommeil. Elle tourne et vire dans son lit depuis des heures, elle n'aurait pas dû dormir autant aujourd'hui, elle n'est plus fatiguée. Surtout, elle n'arrive pas à accepter que le mariage puisse être annulé.

La veille, Livia et Bianca lui ont prouvé que rien n'est définitif tant que l'on ne baisse pas les bras. Si Livia avait continué de se cacher sous des vêtements trop grands pour elle, puis derrière un travail et une vie qui la rendaient transparente, serait-elle devenue la femme épanouie et sûre d'elle qu'elle est aujourd'hui ? Non, assurément. Si Bianca s'était épuisée à subir sa condition de malade, si elle s'était contentée d'attirer la compassion plutôt que de susciter l'envie et d'apprendre à faire de cette épreuve une force, serait-elle devenue la femme talentueuse et à la volonté inépuisable qu'elle est aujourd'hui ? Non, assurément. Ces femmes si fortes… Christine ne peut s'empêcher de les comparer à Scarlett O'Hara, l'héroïne de son roman préféré, *Autant en emporte le vent*, qui s'est battue contre la sécheresse, contre la famine, contre la guerre, contre les mœurs de son époque.

Christine sent grandir en elle un sentiment nouveau pour elle, mais qui l'électrise. *Je dois faire quelque chose.* Elle s'assoit dans son lit, et repense à cette phrase énigmatique sur le courrier de *Pipelette* :

« Vous avez plus de talents que vous ne le pensez, croyez en vous autant que nous le faisons et vous réaliserez des miracles. »

Christine le sent, elle ne peut pas rester les bras croisés. Toute sa vie elle s'est contentée de suivre le mouvement, de ne pas faire de vagues. À l'école, elle n'a jamais été mauvaise élève mais elle n'a jamais été brillante, tout juste moyenne. Parmi ses amis, au lycée, elle n'était ni la plus drôle, ni la plus intelligente, ni la plus belle, elle se contentait d'être là. À l'université, elle a suivi ses cours et validé ses diplômes dans l'indifférence générale, au milieu du troupeau. Et désormais, elle est certes employée par le plus important cabinet d'avocats de Monaco, mais en réalité elle est seule, oubliée dans son bureau en face des toilettes, et ne prend aucun plaisir à ce qu'elle fait.

Plus elle y pense, assise au milieu de ce lit qui n'est pas le sien, dans cette maison qui n'est pas la sienne, plus Christine réalise que ces deux derniers jours ont certainement été les plus intenses de toute sa vie.

Vais-je passer mon temps à me fondre dans les aventures des personnages de mes romans, ou vais-je enfin vivre ma vie et prendre des risques ? De quoi se souviendrait-on à propos de moi si je disparaissais aujourd'hui ?

Christine le sent, elle doit faire quelque chose. Pour Serena, pour Ugo, pour ce mariage, mais également pour elle. Elle doit se rendre compte qu'elle en est capable, elle sent au fond d'elle-même que tout n'est pas perdu, il faut essayer.

Profitant de cet élan qu'elle sent encore fragile, Christine sort de son lit d'un pas décidé. Par les volets, le crépuscule diffuse timidement sa lumière. Il n'y a pas de temps à perdre.

10.

Ils ne savaient pas que c'était impossible, alors ils l'ont fait

Il est à peine 7 heures du matin, le jour se lève sur Soldano et la Fiat 500 de Pedro traverse déjà le village à vive allure. Il n'est pas certain d'avoir tout compris à ce que lui a dit Christine, mais devant son air décidé il n'a pas hésité une seconde. S'il y avait quelque chose à tenter pour sauver le mariage de ses amis, il fallait essayer.

Trois arrêts plus tard, Livia, Bianca et Carla sont entassées à l'arrière de la voiture, à peine réveillées et les cheveux en bataille. Les trois amies de Serena n'ont posé aucune question, lorsqu'elles ont trouvé Christine sur le pas de leur porte, leur enjoignant de s'habiller pour se rendre à Tenuta, elles se sont immédiatement habillées et l'ont suivie.

Pedro gare la Fiat 500 à l'entrée du chemin qui mène au domaine, le sol est encore imbibé d'eau. Impossible de continuer.

— Hors de question de faire demi-tour, s'alarme Christine.

— J'ai toujours entendu dire que la boue était très bonne pour la peau, affirme alors Bianca qui est déjà en train de retirer ses chaussures et de relever le bas de son pantalon.

Tous éclatent de rire et l'imitent, quelques secondes plus tard ils enfoncent tous les cinq leurs pieds dans la boue du chemin qui mène à Tenuta.

* * *

La veille, tout a été stocké sous la grange. Carla se désespère face à tous ces préparatifs perdus, les nappes sont tachées par la pluie, les parasols sont imbibés d'eau, les housses de chaises ont perdu leur forme, et le bois a dégorgé sur le tissu en laissant de larges auréoles disgracieuses. Les fleurs sont fanées, les marque-places en liège sont gonflés d'eau, l'humidité est partout.

À l'extérieur, Bianca et Livia s'alarment devant l'état du domaine. Non seulement la pluie a rendu le sol impraticable, mais à certains endroits des branches d'oliviers sont tombées, des pierres ont roulé en emportant avec elles de larges bandes d'herbes, le jardin est sens dessus dessous.

Dans la grange, Christine s'improvise chef de chantier et prend la tête des opérations.

— Il faut commencer par réunir toutes les nappes, les serviettes et les housses de chaise et les emmener au pressing le plus rapidement possible, il faut tout faire nettoyer !

— Mais on ne pourra jamais tout faire pour demain, se désole Carla.

— On pourrait peut-être se les répartir ? propose Pedro.

Tous les regards se tournent vers lui.

— Je veux dire… nous avons tous des voitures, si nous faisons des équipes de deux nous pouvons répartir le linge entre plusieurs laveries et expliquer l'urgence ? En fin de journée nous n'aurions plus qu'à tout récupérer, termine-t-il.

— C'est brillant ! s'exclame Livia. Je viens avec toi, Pedro !

Alerté par leur conversation, Giacomo sort de la maison attenante à la grange.

— Qu'est-ce que vous faites ici, les minots ? C'est malheureux mais on ne peut rien faire, tout est foutu…

Tous se taisent, Giacomo a l'air à la fois tellement abattu et tellement résigné, que leur espoir s'envole.

— Comment savoir si tout est foutu si l'on n'essaye même pas ?

La voix de Christine est faible, hésitante, mais elle a réussi à dire tout haut ce qu'elle pense tout bas.

— Et qu'est-ce que tu veux essayer, Cristina ? Je ne veux pas redonner de l'espoir à Ugo et Serena pour rien.

— Mais nous ne sommes pas obligés de leur dire ! S'il vous plaît, Giacomo, ne baissez pas les bras, aidez-nous à sauver ce mariage, il faut essayer. Tant qu'il y a de la vie il y a de l'espoir, non ?

Giacomo comprend que Christine ne parle pas seulement du mariage, sans y croire vraiment il finit par céder :

— *Va bene*, après tout, perdu pour perdu…

En moins d'une heure, tout le village est réuni à l'entrée du chemin qui mène à Tenuta. Les voitures sont garées le long de la route, Bianca se charge de relayer les consignes données par Giacomo : personne n'emprunte le chemin avant midi. Le soleil est déjà haut dans le ciel, s'il fait suffisamment chaud le chemin devrait être redevenu praticable d'ici là… à condition de ne pas avoir été saccagé.

À pied, empruntant toujours le même tracé le long du chemin, Livia, Pedro, Carla, Christine et Giacomo apportent une à une les caisses de vaisselle et de linge qui doivent être nettoyés, de décoration qui doit être réparée ou jetée, c'est un travail de fourmis. Une fois le contenu de la grange réuni sur le bord de la route, Christine se charge de le répartir entre tous et chacun repart avec une tâche à accomplir. Tous se sont donné rendez-vous à 15 heures au même endroit.

Pedro et Livia repartent ensemble sillonner les villages alentour pour déposer le linge dans tous les pressings de la région, Bianca et Carla se font déposer au village par une voisine, il ne reste plus que Christine et Giacomo au domaine.

Ils rejoignent la grange, et constatent les dégâts de la pluie sur le jardin.

— Je vais nous préparer du café, je sens qu'on va en avoir besoin…, marmonne Giacomo en retournant vers la maison.

Christine, elle, continue à scruter le jardin. Une idée un peu folle commence à faire son chemin dans son esprit.

Lorsque Giacomo ressort avec deux minuscules tasses, Christine est surexcitée. Elle trinque contre le *ristretto* de Giacomo et avale son café d'un trait, la gorge en feu et les larmes aux yeux, elle finit par dire d'une voix étouffée à Giacomo qui la regarde avec des grands yeux ronds :

— Nous allons sauver ce mariage, Giacomo, et ça va être magnifique.

* * *

À 15 h 30, tout le village est rassemblé à l'entrée du chemin de Tenuta. Le soleil est écrasant, la terre semble avoir séché mais tout le monde attend le feu vert de Giacomo pour avancer jusqu'à la grange. Dans les voitures des uns et des autres, la vaisselle a été nettoyée, les parasols ont séché, les nappes, serviettes et housses de chaises sont immaculées et parfaitement pliées.

— On va peut-être y arriver finalement…

— Ce n'est pas le problème, tu connais Tenuta, lorsque le sol est mouillé il faut une semaine pour pouvoir marcher à nouveau sans s'enfoncer jusqu'aux chevilles !

— Quelqu'un a vu Giacomo ?

— Qu'est-ce qu'il fabrique ? On va cuire nous ici !

Pedro, Livia, Bianca et Carla n'en savent pas plus, Giacomo et Christine sont injoignables, Giacomo a toujours refusé d'avoir un téléphone portable et celui de Christine est éteint dans les affaires de Pedro.

Personne ne prête attention, au loin, aux trois énormes camions-bennes qui s'approchent. Ce n'est qu'au croisement de Tenuta que Pedro reconnaît Christine, assise sur le siège passager aux côtés de Giacomo.

— Cristina… mais qu'est-ce que…

Les amis, voisins et membres de la famille agglutinés à l'entrée du domaine s'écartent pour les laisser passer, et poussent des cris de joie en découvrant la cargaison qui déborde du camion. Le sol s'enfonce légèrement au passage des véhicules, mais le soleil a fait son œuvre et le chemin est redevenu praticable. La procession s'avance jusqu'à la grange au son joyeux des klaxons.

* * *

À 18 heures, alors que les préparatifs se sont poursuivis toute la journée et qu'il reste encore mille choses à faire, Carla s'approche de Christine :

— Cristina, ce que tu as réalisé aujourd'hui, c'est fantastique. Tu as su y croire quand nous avions tous abandonné, et tu as eu raison ! Il faut y aller maintenant, nous avons un couple de futurs mariés à aller prévenir…

Livia et Bianca sont déjà dans la voiture, Christine s'installe sur le siège passager et Carla les conduit jusque chez Serena.

* * *

Deux heures et deux coupes de Prosecco plus tard, Carla dépose Christine chez Paola, qui l'attend sur la terrasse.

Sans un mot, elle lui ouvre les bras et la serre contre sa poitrine généreuse. Elle sent la lavande et le citron, Christine profite de ce moment.

— Cristina, je suis si fière de toi. Je t'ai préparé une assiette dans la cuisine, mange-la et file te coucher, une importante journée nous attend demain.

Éreintée, Christine ne se fait pas prier. Elle avale la viande froide et les tomates du jardin que Paola lui a préparées, se détend quelques minutes sous une douche chaude, puis rejoint sa chambre. Elle jette un œil à son reflet dans le miroir, quelque chose en elle a changé. Elle se sent différente de l'intérieur, et c'est comme si cela se lisait sur son visage.

Elle profite de cet élan de confiance en elle pour ouvrir la boîte ronde déposée dans sa chambre le premier soir de son arrivée, qu'elle avait alors immédiatement refermée. Sur un coussin de mousseline, la nuisette en satin bleu n'a pas bougé. Pour se donner du courage, Christine repense à Livia, qui a su faire une force de ses formes. Elle repense à Bianca, qui ne s'est pas laissé abattre par les épreuves les plus difficiles. Elle repense à Scarlett O'Hara, qui s'est battue pour porter les plus belles robes du Sud.

Christine enfile les bretelles fines, elle n'a pas l'habitude de porter ce genre de vêtements et n'ose pas faire le moindre mouvement. Lorsqu'elle se regarde enfin dans le miroir, elle ne se sent pas si ridicule.

Oui, quelque chose en elle a changé.

Toujours peu à l'aise dans le tissu délicat, Christine se glisse prudemment sous la couette de peur d'abîmer sa tenue. Fière d'être aussi élégante pour aller dormir, Christine se fait une promesse alors qu'elle sombre dans le sommeil : elle ne sera plus jamais transparente.

11.

« C'est l'amour à la plage,
Ah-ouh cha cha cha »

Christine a dormi d'une traite, elle sort doucement du sommeil et profite encore quelques minutes du silence du matin, et de la chaleur de la couette. Alors que son cerveau commence à se mettre en route, elle perçoit un bruit d'eau qui coule, son cœur se met à battre la chamade.

Elle sort du lit d'un bond et ouvre les volets le plus vite possible. À peine a-t-elle écarté les panneaux de bois que le soleil l'éblouit et l'oblige à fermer les yeux, un sourire se dessine sur son visage et son cœur se calme. Tout va bien, la journée est magnifique. Mais alors… d'où vient ce bruit d'eau qui coule ? Elle colle son oreille contre la cloison qui la sépare de la salle de bains, elle entend la voix de Pedro qui marmonne des insultes en italien.

Christine s'étire, enfile un peignoir par-dessus sa nuisette qu'elle n'a plus envie d'enlever, et sort de la chambre. Elle trébuche sur un paquet déposé sur le seuil, et manque de dévaler les escaliers la tête la première. Cette fois, c'est à son tour de marmonner des insultes, mais en français cette fois.

Attiré par le bruit, Pedro ouvre la porte de la salle de bains. En caleçon et tee-shirt délavé, de la mousse à raser jusqu'au front, il a le regard paniqué :

— Cristina, aide-moi.

Assise au sol, son petit orteil meurtri entre les mains, Christine éclate de rire devant le visage rougi et à moitié rasé de Pedro. Lui qui d'habitude arbore une barbe de trois jours, désordonnée et inégale, a semble-t-il voulu innover pour ce jour si spécial.

— Ne te moque pas, Cristina ! Je crois que j'ai fait une bêtise, j'ai juste voulu dessiner un peu les bords de ma barbe mais…

Il ne termine pas sa phrase et désigne son visage d'un air catastrophé.

Après avoir repris son sérieux, Christine boitille jusqu'à la salle de bains et ordonne à Pedro de s'asseoir sur le rebord de la baignoire et de ne plus bouger. Elle inspecte silencieusement le visage encore plein de mousse, puis donne son verdict :

— Il faut tout raser, Pedro.
— Tout raser ? *Mio Dio, no !* Cristina, je vais ressembler à un enfant de dix ans !

Plusieurs minutes de négociation sont nécessaires, mais Christine réussit enfin à convaincre Pedro. À trop vouloir égaliser sa barbe il ne lui reste plus qu'un collier de poils épars qui encercle son visage, Pedro ferme les yeux et Christine se met à l'œuvre.

Une fois terminé, Christine se mord l'intérieur des joues pour ne pas rire, et s'éclipse discrètement pour laisser le temps à Pedro d'apprivoiser son nouveau visage.

Elle trébuche à nouveau sur le paquet resté au sol, et lâche un juron sonore mais étrangement satisfaisant. Elle attrape la grande boîte rectangulaire qui en a visiblement après ses orteils, et la pose sur son lit.

Lorsqu'elle soulève le couvercle, Christine découvre une magnifique robe vert pâle aux motifs floraux discrets. Elle la soulève du paquet pour mieux l'admirer, les épaules sont dénudées, des volants discrets viennent recouvrir ses bras au niveau du bustier, une large ceinture marque la taille, dont le nœud masquera les formes disgracieuses de son ventre. La doublure s'arrête au-dessus du genou, des volants transparents viennent flotter légèrement jusqu'aux chevilles. Sous la robe, Livia a glissé une fantastique paire de chaussures jaune citron, et une pochette assortie.

Christine serre la robe contre elle quelques secondes, adresse un remerciement silencieux à Livia, et descend rejoindre Paola dans la cuisine tandis que Pedro chante sous la douche.

Des bigoudis sur la tête et un masque de crème verdâtre sur le visage, Paola s'agite dans tous les sens et répète qu'elle ne sera jamais prête à l'heure. Lorsqu'elle aperçoit Christine en peignoir, les vocalises de Pedro parvenant jusqu'à la cuisine, Paola joint les mains devant elle en signe de prière et lève les yeux au ciel :

— *Dio Mio*, mais qu'est-ce que j'ai fait pour mériter des enfants pareils, murmure-t-elle, nous ne serons jamais à l'heure !

Christine attrape les mains de Paola et la fait tournoyer dans la cuisine au son d'Umberto Tozzi qui s'époumone dans la radio : « *TI AMO, TI AMO, TI AMO, TI AMOOO.* » Paola proteste en protégeant ses bigoudis, Christine se découpe une tranche de panettone et disparaît dans l'escalier en chantant.

* * *

À 15 heures, tout le village est réuni sur la place, le clocher sonne sans discontinuer, le soleil brille dans un ciel sans nuage. Serena et Ugo sortent enfin de l'église et reçoivent une pluie de riz lancée joyeusement en l'air par les invités.

Serena est resplendissante, le bonheur de Ugo se lit sur son visage, il soulève sa femme et traverse la haie d'invités au son du rire de Serena, qui proteste mollement pour qu'il la repose. Giacomo, ému, les attend au volant du cabriolet Alfa Romeo de sa jeunesse pour les conduire jusqu'à Tenuta.

Le cortège se met en route, et les sons des klaxons, des radios qui diffusent des chansons d'amour à l'italienne et du clocher qui n'a pas cessé de résonner se mêlent les uns aux autres, pour ne former plus qu'un joyeux brouhaha assourdissant.

La voiture des mariés ouvre la route, dans la voiture suivante Christine, Livia, Bianca et Carla bavardent joyeusement. Au moment de s'engager sur le chemin qui mène à Tenuta, Christine sent un nœud se former dans sa gorge. Livia remarque le visage blême de Christine, et lui pose une main rassurante sur le bras :

— Cristina, détends-toi, elle va adorer…

Les voitures se garent les unes à côté des autres devant la maison, pour laisser l'accès libre à la grange et au jardin. Serena et Ugo descendent de la voiture, et regardent autour d'eux sans comprendre, sans dire un mot.

Tout le domaine est recouvert de sable blanc, de grands voilages blancs flottent légèrement au gré de la brise, et procurent de l'ombre entre les oliviers. À l'entrée du jardin, qui ressemble désormais à une plage paradisiaque, les hôtes sont invités à enlever leurs chaussures, et à les troquer contre des tongs blanches qui sont mises à leur disposition dans toutes les pointures dans un grand panier. À la place des bottes de paille détrempées, des transats confortables et des serviettes de plage sont disposés un peu partout pour permettre à chacun de se reposer. À l'arrivée des mariés, l'orchestre, le bas du pantalon retroussé et les tongs aux pieds, entame une marche nuptiale sur les notes d'Andrea Bocelli.

Serena se retourne alors vers Christine, les larmes aux yeux… et le sourire jusqu'aux oreilles. Elle lui adresse silencieusement un « *grazie mille* » en posant une main sur son cœur, et enlève ses chaussures en riant. Les invités la suivent aussitôt en l'imitant, les hommes ravis de quitter leurs chaussettes qui leur tiennent trop chaud, les femmes soulagées de ne pas devoir porter leurs chaussures à talons plus longtemps.

Christine se réjouit que l'idée folle réalisée avec l'aide de Giacomo ait fonctionné, les premières couches de sable ont absorbé l'humidité, les invités peuvent se prélasser dans le sable chaud sans risquer de s'enfoncer dans le sol encore humide.

Giacomo s'approche de Christine et lui tend le bras pour lui proposer d'entrer dans le jardin-plage à ses côtés, elle lui offre le sien mais au dernier moment le redirige vers Paola, qui se trouve juste derrière elle :

— Je pense que Paola saura en faire meilleur usage que moi, Giacomo, ajoute-t-elle dans un clin d'œil.

Giacomo et Paola échangent un regard timide, puis Paola enroule son bras autour de celui de son vieil ami.

Christine regarde autour d'elle, c'est une journée magnifique. Tout le monde est beau, les invités sont souriants, les mariés sont heureux. Livia et Pedro ne se quittent plus, Bianca et Carla profitent de l'ombre d'un olivier, confortablement installées sur une serviette de plage. Christine les rejoint.

La journée file, le soir commence à tomber. Le repas est servi sous la grange, les invités s'assoient au gré de leur envie autour de l'immense et unique table disposée en forme de « U » pour former une piste de danse.

Paola s'approche de Christine :

— Cristina, c'est fantastique ce que tu as réalisé… Je suis si fière de toi. Comment te sens-tu ?
— Je suis très heureuse, Paola, vraiment, mais…
Christine hésite à poursuivre.
— Mais ? l'aide Paola.
— Mais… même si je suis très heureuse de ces jours merveilleux passés avec vous tous, ici, je ne comprends toujours pas le lien avec le concours. Je devais rencontrer la personne qui allait changer ma vie et… je te vois, toi avec Giacomo, Livia avec Pedro, rien de semblable ne m'est arrivé, Paola, je pensais rentrer chez moi avec un amoureux, avoue Christine, un peu honteuse.

Paola lui sourit tendrement :

— Tu n'as donc toujours pas compris…

Elle lui attrape fermement la main :

— Viens avec moi !

Christine est entraînée par Paola à l'intérieur de la maison, qui la tire jusque dans la salle de bains. Paola la plante devant un grand miroir, et se poste derrière Christine, les deux mains posées sur ses épaules :

— Dis-moi ce que tu vois, Cristina.

— Eh bien... je vois la magnifique robe de Livia, je vois... je vois une femme qui a envie d'exister, je crois. J'ai l'air plus jeune avec cette coupe de cheveux, et le maquillage, eh bien... après tout ça ne gâche rien.

Paola sourit.

— La voilà, Cristina, la personne qui va transformer ta vie. C'est toi. Tu es la personne la plus importante de ta vie, parce que tu es la seule personne que tu vas devoir supporter toute ta vie. C'est avec toi et toi seule qu'il faudra toujours composer, c'est toi que tu dois apprendre à aimer. C'est toi, Cristina, la personne la plus importante de ta vie.

Pedro apparaît dans le miroir, accompagné de Livia, Serena, Bianca et Carla. Christine ne peut retenir ses larmes, elle comprend enfin que tous l'ont aidée à se rappeler que la vie en vaut la peine, que les chagrins, les doutes, les déceptions, les épreuves sont tous passagers, après la tempête vient le beau temps. Après la pluie, les cigales se remettent à chanter. Il faut profiter de chaque bonheur et les garder en soi, pour les faire briller les jours de pluie. En quelques jours, Christine s'est souvenue que la vie doit être vécue, et pas juste observée depuis sa fenêtre.

Pedro tend une enveloppe nacrée à Christine :

— Cristina, voici la dernière, je crois qu'on peut te laisser seule pour celle-là…

Tous sortent de la petite pièce, Christine sèche ses larmes et ouvre la dernière de ces enveloppes qui l'ont accompagnée tout au long de cette aventure.

Ma chère Christine,

Te voici arrivée au bout de cette folle semaine.

Il y a encore quelques jours tu devais être furieuse de te trouver coincée ici, dans ce village de Soldano, mais je suis certaine qu'aujourd'hui toute ta colère s'est envolée.

C'est l'effet que fait Soldano à tous ceux qui s'y arrêtent, ce village de mon enfance a quelque chose de si spécial…

Tu as utilisé ton adresse e-mail professionnelle pour répondre à cette annonce du magazine Pipelette, sûrement sans le vouloir, mais comme tu le sais je reçois une copie de tout ce qui est envoyé du cabinet.

Ta lettre m'a brisé le cœur, quand je l'ai lue j'ai immédiatement pensé à ma tante Paola et mon cousin Pedro, ils sont les meilleurs antidépresseurs du monde.

Tu n'es pas seule, Christine, et tu as toutes les ressources en toi pour faire de ta vie un véritable feu d'artifice. Il fallait seulement te forcer à ouvrir les yeux…

J'espère que tu ne seras pas fâchée en rentrant au bureau, j'ai hâte de découvrir la nouvelle Christine Boulet !

Ton amie,

Giulia

Alors c'était Giulia… Christine n'en revient pas. Elle a toujours pensé que Giulia était un ange, elle en a aujourd'hui la confirmation.

Christine referme l'enveloppe, reconnaissante. Elle jette un dernier regard dans le miroir. *À nous deux ma vieille, on va devoir apprendre à se connaître… et à se supporter.* Puis elle sort rejoindre Livia et Bianca sur la piste de danse, la nuit ne fait que commencer.

ÉPILOGUE

« À marcher sous la pluie cinq minutes avec toi
et regarder la vie tant qu'y en a. »

Renaud

C'est une belle journée d'été, les cigales chantent, le vent fait danser les brins de lavande qui diffusent leur parfum dans tout le jardin. Les pierres de la maison provençale retiennent les derniers rayons du soleil, pour en diffuser la chaleur tout au long de la soirée. Couchés par terre, deux vélos se reposent. Perché dans l'olivier, un gros chat roux s'étire de tout son long.

Dans la rue, une voiture diffuse de la musique par les fenêtres ouvertes, qui s'éloigne avec le bruit du moteur. Et le chant des cigales reprend le dessus. Immuable, tranquille, apaisant.

Sous l'olivier du perron, une jeune femme fait des nœuds avec ses doigts. Assise de travers sur sa chaise longue, les épaules voûtées, elle réfléchit si fort que ses sourcils se touchent presque, une ride profonde s'est creusée au milieu de son front.

Perdue dans ses pensées, elle ne sait pas que quelqu'un l'observe. Pourtant, depuis la fenêtre de la cuisine, un regard bienveillant l'entoure de toute sa tendresse.

Quelques minutes plus tard, les bras chargés d'un apéritif improvisé, son hôte la rejoint dans le jardin. Elle s'allonge à ses côtés, sur le second bain de soleil, et ferme les yeux quelques instants. Des rides légères bordent ses yeux et sa bouche, son visage est apaisé, heureux.

Ne sachant comment aborder les choses, la jeune femme hésite :

— Christine, il faut que je vous parle. Je… je ne vais pas rester. Je…

Christine Boulet sourit, une seule réponse lui vient à l'esprit. Elle lève un doigt pour inviter la jeune femme à s'interrompre, et lui demande :

— Tu entends, Lisa ?

La jeune femme tend l'oreille, reste interdite une seconde.

— Euh, si j'entends… quoi ?

Le visage de Christine s'éclaire d'un sourire sincère et rieur, ce qu'elle s'apprête à dire la ramène vingt ans en arrière, dans le jardin de Paola.

— Le chant des cigales, Lisa… Ferme les yeux un instant.

REMERCIEMENTS

J'adresse mes profonds remerciements à l'ensemble de l'équipe des Éditions Jouvence, merci à Charlène Guinoiseau pour votre incroyable bienveillance, merci à Jessica Compois et Audrey Bachmann pour votre confiance, votre gentillesse et votre accompagnement.

Un immense merci qui ne sera jamais assez grand à ma famille, Laurence Bruère, Frédéric et Cathy Lesur, Mathilde Angeville, Justine Lesur, Sabrina Bertoncelli, pour vos précieux conseils et vos encouragements sans faille, Annick Lesur pour m'avoir transmis le goût de la lecture et de l'écriture, Serge Lesur et Marie-Thérèse Bruère pour votre soutien.

Merci à mes précieuses amies, Allison Delous, Valentine Albecker, Sophie Rebaudengo, Agnès Chatel, pour le soleil que vous mettez dans ma vie.

Merci à toutes ces personnes incroyables dont j'ai eu la chance de croiser le chemin, qui, à leur façon et parfois sans le savoir, m'ont inspirée par leur parcours, leur personnalité, leur soutien et leur présence :

Florestine Pottiez, Luca Ciccolella, Christine Travers, Virginie Demange, Hélène Mouchet, Delphine Soleilhavoup, Nathalie Blangero, Sophie Schumacher, Rozenn Le Bohec, Patricia Kemayou, Sara Bertolotti, Thomas Letailleur, Thomas Giaccardi, Aurélien Biancheri, Laurent Micol et tant d'autres que je m'excuse de ne pas citer.

PLAYLIST

1. *Et si tu n'existais pas* – Joe Dassin
2. *Dans les yeux d'Émilie* – Joe Dassin
3. *Les Champs-Élysées* – Joe Dassin
4. *Viceversa* – Francesco Gabbani
5. *Dov'è* – Le Vibrazioni
6. *Tikibombom* – Levante
7. *Ringo Starr* – Pinguini Tattici Nucleari
8. *Musica (E Il Resto Scompare)* – Elettra Lamborghini
9. *Fai rumore* – Diodato
10. *Mi tradirai* – Giacomo Lariccia
11. *Non ti dico no* – Boomdabash, Loredana Bertè
12. *Il tuo vestito bianco* – Giorgio Poi
13. *Tutto per una ragione* – Benji & Fede, Annalisa
14. *L'esercito del selfie* – Takagi & Ketra, Lorenzo Fragolo, Arisa
15. *Se imparassimo* – Marco Mengoni
16. *Volevo te* – Giusy Ferreri
17. *L'Italiano* – Toto Cutugno
18. *Ti amo* – Umberto Tozzi

Ouvrage composé par
PCA 44400 Rezé

Imprimé en Espagne par
Liberdúplex
à Sant Llorenç d'Hortons (Barcelone)
en septembre 2021

POCKET - 92, avenue de France - 75013 Paris

S32037/01